1991年12月9日　自宅にて

1958年８月　三田にて

1966年6月 仙台・養種園にて平賀（旧姓日下）さんと

1985年6月
伊澤家一族、母上納骨の日に

1979年4月
節子の実家、栄家墓前にて

あるがままに

伊澤節子
Setsuko Izawa

文芸社

伊澤節子・略歴

1989年7月21日撮影

昭和七年三月二日　東京目黒に男子三人女子三人の末っ子として生まれ、すぐ上の兄とは六歳の開きがある。六歳のとき母が、八歳のとき父が亡くなる。

昭和十九年　　東京渋谷の大向小学校を卒業。

昭和二十四年　　玉川学園女学部を卒業。

昭和二十八年より三十三年まで、宇佐美法律事務所に勤務。

昭和三十四年四月十九日結婚、東京（大森）―仙台（市内）―東京（代沢）―兵庫（西宮）―福岡（市内）―東京（田園調布）―横浜（綱島）と転居。

昭和三十五年に長女・由美子、三十九年に長男・幹生生まれる。

朝日カルチャーセンター、ＮＨＫで録音奉仕の勉強。

横浜福祉協議会録音部会のメンバーとなる。

昭和五十年より平成三年まで台湾料理を習う。

「ヨーガ」は五十四年より亡くなるまで。

昭和五十六年「ひとみ会」入会。

平成元年直腸ガンの手術後十一回の入退院をくり返し、平成四年九月、Ｋ病院で亡くなる。享年六十歳。

伊澤節子さんのこと

福沢　美和

福沢美和さんと盲導犬ナッキー

伊澤節子さんがお亡くなりになって半年がすぎました。今年もワープロの上のせまいスペースにお雛様《ひなさま》を少しだけ飾り、その中に和紙の小さいお雛様もならべて、去年の今ごろを思い出すのでした。

三月二日は伊澤さんのお誕生日、私はその前日まで盲導犬のナッキーと京都に行っていました。それは、ナッキーが訓練を受けた関西盲導犬協会を訪れたのでした。ナッキーと私のことをいつも心にかけてくださっている伊澤さんが、二度目の手術をされて入院していらっしゃるので、お誕生日とお雛まつりのプレゼントに、京都でお雛様のお人形を見つけて帰ろうと思っていました。訓練センターの指導員に、京都駅近くの和紙のお人形を置いている店を教えてもらいました。教えられた道順にしたがってナッキーに指示しながら、通行人にもポイントをたずねながらその店をみつけました。親切な店員はいくつもお雛様のお人形を出して、目の不自由な私にさわらせながら説明してくれました。直径十一・二センチのまるい台に和紙の小さいお内裏様がならんでいるのを私は「これが伊澤さんにはいちばんぴったりだわ」と思いました。同じお雛様が自分もほしくなった私は、別々に包装してもらって二つ求めました。

早春の光がさしこむ病室で、伊澤さんは私とナッキーを待っていてくださいました。前夜ご主人にお電話をしてあったからでしょう。大きな手術をされてから、私がお目にかかるのはこの日が初めてでした。私がお見舞いにうかがうといつもうれしそうに「福沢さん」と迎えてくださる伊澤さんは、この日もやはりうれしそうでした。ベッドの横にすわってお話しながら、私はあの和紙のお雛様の箱を伊澤さんに手渡しました。箱の中からお雛様が現れると、伊澤さんは、

「まあ、かわいい。ありがとうございます。これから毎年このお雛様を飾るわ」とそれはそれはうれしそうでした。一年すぎた今、伊澤さんは私の手の届かないところにいってしま

いになり、和紙のお雛様は飾ってはいただけなかったのでしょう。

私が伊澤さんと初めてお会いしたのは、昭和五十六年頃だったと思います。それは私が主宰している、視覚障害者（目の不自由な人）と晴眼者（日の見える人）との親睦サークル「ひとみ会」に、伊澤さんが入会なさったときだったと思うのです。その前から、録音ボランティアの講座をもっていた友人から伊澤さんのことを聞いておりました。伊澤さんは和文タイプがおできになることから、「ひとみ会」の十五周年記念誌のタイプをうってくださったのでした。私の方はそんなこととはいっこうにわかりませんでしたが、伊澤さんは「ひとみ会」の主旨に共鳴されて会の所在地をお探しになっていたようです。運悪くいろいろな手違いがあったため、伊澤さんと私が巡りあうまでにはだいぶ年月がかかってしまいました。

「ひとみ会」の人達と親しくなっていかれると、伊澤さんは、「視覚障害者と晴眼者が普通の人間関係をもって親しくつきあう」という「ひとみ会」の主旨を、日常の活動の中で自然な形であらわしていらっしゃいました。それは、おおげさなものではなく、さりげないその姿は気負ったものがみじんもありませんでした。私は三十年を超える「ひとみ会」の長い歴史の中で、これほど自然な雰囲気で、楽しく視覚障害者と交わる晴眼者に出会ったことはありませんでした。それだけに私は「ひとみ会」における伊澤さんの存在をうれしく思いました。と、いっても伊澤さんはどこでも見られるボランティアのように、目が不自由な人はかわいそうだからと同情して、「何も彼もやってあげなければ」というような態度は全くなく、誰とでも気軽に友達関係をもって接していらっしゃいました。それでいてこまかい気配りで、それぞれの人にあった思いやりの手をさしのべていらっしゃったのです。このようなことは、なかなかできることではないと思うのですが、伊澤さんは実に自然に行きとどいた配慮をなさっておりました。伊澤さんのような方がもっとたくさんおられたら、世の中の不必要な差別もなく、無駄な神経をつかい合うようなこともなく、皆が明るい社会生活を楽しみ、住みよい日々を過ごすことができるのではないでしょうか。

私は視覚障害や、盲導犬のことなどを世間の人々にひろく知ってほしいと思い、何冊かの本を出していますが、以前は自分で録音テープに録音したものを聞きながら手さぐりで書きおこしていました。あるとき、伊澤さんからその原稿のテープおこしの仕事をお手伝いしたいとのお申し出がありました。私はよろこんでそれをお願いしたわけですが、昭和六十一年に出た『盲導犬フロックスとの旅』（偕成社）をはじめ、『フロックスはわたしの目』（文藝春秋）、『盲導犬フロックスの足跡』（文化創造社）などの原稿のテープおこしや校正などをしていただきました。私が見えないために、普通ではあまり必要ではない読み聞かせや、校正上の説明などを気安くしてくださいました。そして「私が見えないから伊澤さんがたいへんだ」などという思いを私にさせることもなく、冗談をいい合ったり、楽しく笑い合いながら作業をしたものでした。これらは今はなつかしい思い出となってしまいましたが、私は現在、盲人用点字ワープロを使って原稿を書いています。伊澤さんが、NHK文章教室に投稿された「パソコさん」にはこのワープロのことを書いていらっしゃいます。伊澤さんは「もうテープの書きおこしのお仕事がなくなった」とおっしゃっていましたが、あれほど校正をあたたかい気持ちで正確にしてくださった伊澤さんには、いつまでもこのお仕事を通してお友達でいていただきたかったと残念でなりません。

私は神奈川県箱根に住んでいるので家が遠く、東京・横浜方面に、「ひとみ会」の会合や講演に出掛けることが頻繁なときには、よく伊澤さんのお宅に盲導犬と泊めていただきました。そんなときもご主人と三人でお食事のテーブルをかこんだり、楽しいおしゃべりに時を過ごしたものでした。ご病気になられてからは、伊澤さんはご自分のご病気のことをやさしく冷静にみ

つめていらっしゃったと思います。二人で話しているとき、

「みんなが私の病気をそのまま受け入れてくだされればいいのだけれど、たいへんなこととおおさわぎされたり、特別に同情されたりするといやになるの。普通におつき合いしてくださるといいのだけれど……」

とおっしゃっていました。私も視覚障害をもっている身として、伊澤さんのその気持ちがよくわかるので、そんなこともあってかなんとなく話があったようです。ご主人のことを深く心にかけていらっしゃって、「主人より一日でも長く生きていたい」となにかにつけておっしゃっていました。そんなとき、私は励ましの言葉も同情することもなく、ただうなずくことしかできませんでした。

最後に私がナッキーと病室にうかがったのは、お亡くなりになる一週間ほど前でした。もうだいぶおわるかったのですが、私の手を握っていつまでもじっと黙っていらっしゃいました。その何日か前にうかがったときには、

「私、福沢さんとお友達になれてとてもよかったわ」

といわれ、私の足もとにじっとしているナッキーに、

「ナッキーはいい子ね。あなたは安心なのよね」

とナッキーに私をたのむかのようにつぶやいていらっしゃるのでした。ただやさしいだけではなく、すべてに理性ある目をむけることがおできになった伊澤節子さんは、ほんとうにすばらしい方でした。もっともっといつまでも私達の近くにいていただきたかった方だったと思います。


伊澤節子さんの遺稿集が出版されることで、ご主人から私に何か書くようにとのお言葉をいただきました。

「福沢さんに書いていただくのが、節子がいちばんよろこぶと思います」

とおっしゃられてこの一文を書かせていただきました。故人への思いばかりが先になってまとまりのないものになってしまいましたこと、どうぞお許しくださいませ。伊澤さんのご冥福を心よりお祈り申し上げます。

目次

あるがままに

私の書きなれノート

節子の日記より

あるがままに

縁、めぐりあい

NHK文章教室リポート

短　歌

たんぽぽ

あとがき

私の書きなれノート

ただただ、書きなれるために書く、
本当のところ、
ちょっと楽しみなことにもなっているのです。

1967年3月　山形蔵王にて

幼児を持っている主婦の暮らし方の工夫

（一九六六年二月二十八日・仙台日立ホールにて）

私の家族は営業マンの主人と幼稚園に通っている五歳の長女、いたずら盛りで片ときも目を離せない一歳八カ月の長男、それに私の四人でございます。

まだ幼い子供達は仕事の都合で帰宅の不規則な主人と夕食を一緒にすることができませんので、朝食の時間を大切にゆっくりとるように心がけております。四人ともほとんど同じ時間に起床致しますので、主人は小さな子の着替え、私は出勤五十分前、七時四十分には朝食を始められるよう、身支度、朝食用意とお弁当作りを致します。お弁当は味と栄養の点から主人も持ってまいりますので幼稚園の子と、それに家にいる二人の分も、お昼になって手をかけなくてもよいように作っておきます。

朝食の食器だけ洗い上げて主人を送り出し、スクールバスを見送って家に帰るともう九時頃、さて、それから私の朝仕事が始まります。まず、ベッドを直し、部屋を片づけて、掃除機だけかけてしまい、洗濯をしながら拭き掃除を致します。お天気のよい日には早くお洗濯を始めたくなりますが、お掃除だけは先に済ませないと、おもちゃをいっぱい広げてしまったり、ときどき外に出ている子供の様子をみながらでは気持ちも落ち着かず、結局お昼まで家の中が片づかないような状態になってしまいます。

たいてい一時半頃から昼寝を致しますので、それまでに日光浴をしながらの買い物を済ませるように致します。

二、三日分まとめて買っておけば楽でございますが、商店街も近いので、こもりがちな冬の日に、子供も私もつとめて陽にあたるよう一日に一度は外に出ることにしております。買い物を早く済ませてしまうのは、午後の時間がなるべく細切れにならないように、また、幼稚園から帰ってまいりますと、私の家は子供のたまり場になって五、六人も集まることがございますので、ストーブやこたつもある冬は万一の危険も考え、子供だけの留守番をさせないようにしているためでございます。

昼寝の時間はわりあい短く四十分ぐらいでございますので、子供が寝ている間に片づけたい家事を夜まで持ち越さないようになるべくこの時間に集中致します。その日によって、靴みがき、お手洗いのていねい掃除、障子の切り貼り、押し入れや食器棚の整理、布を裁つこと、アイロンなど、お菓子を作るのもたいていこの時間に致します。また、ときには思い切って読書に集中する日もございます。

四時十五分から四時半頃には夕食の支度にかかります。ウイークデーは子供本位であまり手をかけず、もし主人が外食して来ても、翌日利用できるような材料を使うようにしております。五時半の子供の夕食までに、明日の朝食とお弁当の下ごしらえまで済ませます。そして途中子供に手をとられることもございますので、あわてないようにやりかけの仕事も思い切ってきりあげ、早めにとりかかるように致します。明日の準備は夕食の片づけのときに致しますと大事な夜の時間に食いこむことが多くなるので、このときに済ませてしまいます。五時半の夕食は少し早いようでございますが、食事の時間はテレビをつけないことにしていますので、六時から子供の番組が始まりますし、時間を気にしないでゆっくりいただかせるのでございます。不意の来客等、私の都合で食事の時間を遅らせないよう、ハム、タマゴ、しらす干し等、ありあわせの野菜でチャーハンやオムレツ等、簡単に一応バランスのとれたものを食べさせられるよう、いつも用意しておきます。こう申しますとテレビにふりまわされているようでございますが、子供達の話題や遊びに登場することも多いらしく、今のところ止むを得ないような気が致します。それでも目のために三十分以上続けて見ないよう、二つ見たいものが続くときはどちらか一つを選ばせます。

七時半から入浴、また、お風呂のない日は着替えを始め、必ず八時までには二人共ベッドに入れます。主人が早く帰宅したときは二人の入浴を受け持ってくれます。歌を歌ったり、尻取りをしたり、少し賑やかすぎることもございますが、主人にとって楽しいひとときのようでございます。今は成長なさった四人のお子様をお持ちのお母様から伺ったお話でございますが、毎晩床に入れてから四人の枕元でお父様が童話を一つずつ読んでおあげになったとか、このような短い時間がふれ合いの少ない父親との心の交流にはとても大事な時間だと思います。

八時からは静かな大人だけの時間になります。ゆっくり二人だけのことを済ませ、片づけと明日の朝食に使うものをお盆の上にすっかり用意して、一日の仕事を終わります。

これが私の基本的な毎日でございますが、なかなか予定通り運ばないのが実情でございます。

私はまだ子供も小さく、外に出る機会がございませんので、「主婦の友」友の会が唯一の社会とのつながりの場でもあるわけでございます。今は、実際のお仕事はできるだけの協力をさせていただき、最寄りの会もなるべく私の家で開いていただいたり、皆様の温かい思いやりに支えられて勉強させていただいておりますが、子供の手が離れましたら、今のしあわせな生活を感謝する気持ちも一緒に、もっと社会的なお仕事にもはげみたい、と楽しみにしております。

お正月

（一九七二年一月二十二日）

毎年お正月というと、思い出しては一人でほほ笑んでしまうことが二つあります。そして考えさせられてしまうのです。

一つは仙台のお餅。暮れに届いたのし餅の厚さが何と四センチくらいもあるのにびっくり。どういう風に切ればよいのかとききますと、何のことはない、ちょうどカステラのように端から切れば、東京のと同じような大きさになるのでした。

もう一つはその何年か後、福岡で迎えたお正月。例年のようにしめ飾りを飾りましたが、ふと気がつくと、どの家のも私の家のを逆立ちさせたように長いわらの部分が上向きになっているのです。不思議に思い、近所の方に伺うと「上り鶴といって鶴が舞い立つ姿なのですよ」とのこと。あわてて家のを正しく飾り直したことでした。

この広くない日本の風習の中でも、何と知らないことが多いのでしょう。自分だけの狭い視野、立場から物事を判断してしまわないよう、これから国の内外に発展していく子供達にもいつも心してほしいことと思います。

娘の読書

（一九七二年一月二十二日）

今日は図書館に行く日!!　ピアノのおけいこの帰り、隔週に図書館に寄るようになって、いつのまにか一年余りになりました。

初めてのカードには、ＳＦと探偵物など、一度読めば興味が満たされるような本ばかり並んでいます。それに続いて、『赤毛のアン』、一連のムーミンもの、そして最近は帰りが遅くて一緒に行かれない彼女のために私が選んだ『ビルマの竪琴』など、戦争を題材にしたもの（これは、平和な日々の続く日本にも恐ろしい日のあったことも知っていてほしいという母の願い）、そして、『足長おじさん』『愛の妖精』（この物語を読んだ少女の日の甘い感動をと）、でもこの母の思いを、どれほどとらえてくれたでしょうか。

これからこのカードにどんな本が書き加えられていくか楽しみです。皆さまはどんな読み方をしていらっしゃるのでしょう。読む興味だけに溺れないで、真実の読書をする姿勢を自分のものにしてほしいと願わずにはいられません。

（由美子小六・十二歳、幹生小二・八歳、節子四十歳）

話し方とマナーを受講する動機

（一九七九年十月四日）

「一九五七年八月六日、七日、ＹＷＣＡ教養部夏期講座
言葉を正しく美しく　担当大久保忠利氏」

〝家庭の記録〟と書いてある段ボールの底の方にあるルーズリーフを引っ張り出して、やっとみつけた黄ばんだわら半紙のテキストです。

今から二十二年前、私は日比谷三信ビルにある「デベッカー・アンド・宇佐美法律事務所」で和文タイプと登記関係の仕事を担当していました。そして英文タイプの必要も感じ半年間ＹＷＣＡに通い、それに続き、時折教養講座（日本文学の流れ、心理学など）を聴講しておりました。その頃から「言葉」には強く興味を感じていたことは確かです。今は、大久保先生がおっしゃった「言葉は人間そのもの」ということを漠然と感じていたからだと思います。

そのときに伺った聞き上手のお話と、「胸のどきどきは生きている証拠」とおっしゃったのは今もよく覚えています。どちらかといえば他人の話を聞く方が好きな私、話すのは全く苦手なのです。一対一、また、数人の友人とのおしゃべりは楽しめても、大勢の方の前で話さねばならないときは、「生きている証拠」に声までふるえてくる始末です。でもそれほど話すことが苦手になったのは、一つの原因というか、きっかけがあったのです。

それは十数年前、ある生涯勉強のグループに入っていたとき、どうしてもお断りしきれなくて、幼児を持っている主婦の暮らし方の工夫、をお客様の前で発表することになったとき、リハーサルでは皆様にほめられ、自分でも満足する出来栄えだったのに、本番でお客様の前に立った途端に、原稿をはなれてお話するどころか、ほとんど原稿丸読みの状態になってしまったのです。そしてその後、後遺症が続いているわけです。「それは、精神科に行かなければ……」とおっしゃられたら、と心配ですが……。

主婦である私は、気のおけない家族、友人の間だけで暮らしていれば、話せないコンプレックスをほとんど感じることなく生活することはできます。でも、私は困ったことに（？）人と人の係わり合いの中で生きていくのが好きなのです。それにはやはり自分を表す第一の手段として、上手に話せるようにならなければなりません。〝私そのものを表す言葉〟を自分自身のものにしなければ……。

でもあまりに気負ってこの講座を受けることは怖いのです。もし少しも変化がなくてがっかりするのではないかとも思うからです。少なくともこの三カ月は〝実行が実力を生む〟という言葉を素直に信じて努力してみようと思います。

若さと若々しさ

（一九七九年十月五日）

S「昨日の先生には二十二年前にお話を伺ったことがあるのよ」

Y「ウワァー凄い昔、由美は生まれていなかった!!」

S「そうよ、お母様だって結婚していなかったもの」

Y「ずいぶんおじいちゃまになっていらしたでしょう」

S「ウーン、それほどでも……」

二昔前のテキストを十九歳の娘に見せたときの会話。本当に先生にお目にかかったとき「あ、やっぱり同じ方」と思っただけで、流れ去った年月のことは全然考えませんでした。なぜでしょう。あのときはすでに中年の域に達していらしたし、もう今はかなりのお年のはずなのに。それで、私はこの頃よく考える「若さ」と「若々しさ」の違いを、また、考えてみました。「若さ」は、実際の年齢、肉体の年齢で自分ではどうすることもできないけれど、「若々しさ」は自分で作り出し、保っていくことができるのではないかとこの頃思っているのです。それは精神的な年齢だと思うのです。

もう年だから、などと考えないで、思いついたとき、勉強したいと思ったときを出発点に、新鮮な気持ちで物事にぶつかって行く、いつも真剣に取り組める何かを持っている、それを持っている人は若々しく見えるのではないかと思います。

もう億劫だからとか、今さら……などというためらいは人を老い込ませてしまうのではないでしょうか。

こんなことを書くと、私はいかにも積極的に進んで行く女性のように思われてしまうかもしれません。本当は消極的、内向的な面を多分に持っていることを自覚しているので、そういう生き方をしたいと心から希っているのです。

方言 その一

（一九七九年十月十一日）

方言、それも東北のなまりのある言葉を聞くとき、私はふるさとの言葉を聞くような、なつかしい気持ちになってしまいます。〝ふるさとのなまりなつかし……〟という啄木の歌の気持ちが理解できるような感じです。

東京で生まれ育った私がなぜ？　と自分でも考えるのですが、それは転勤して初めて行ったところが仙台。それも二、三年と思っていたのが、主人の仕事の都合で六年近くも、もう根が生えてしまって東京に帰れないのではないかと心配し始めたくらい長い仙台での生活の故だと思います。

旅で通り過ぎるのとは違い、その言葉の中で暮らすというのはどんなことか、体験しないとわからないと思います。思わぬ間違いもあります。仙台特有の小さい長茄子を売りに来た農家のおばさんに、「どうやって漬けるの?」と聞くと、「お塩(オスオ)と明ばんを入れるの」という答え。「ああ、お酢を入れると色がきれいなの?」「違うよ、お酢は入れない、お塩(オスオ)」「そう……」。おばさんが帰ってしばらくしてからやっとわかるというようなことも、初めのうちはありました。

また、乾物屋さんで、「奥さん、このちそばはおいしいよ」「えっ、どんなおそばなの?」。私は地そば、この地方特有のおそばだと思ったのです。その袋には生《き》そばと書いてありました。〝き〟を〝ち〟と発音することを知らなかったのです、「人が来た(ちた)」と言うのです。

私が今でもつい〝果物のカキ〟〝貝のカキ〟と果物とか貝をつけて言うようになったのは、仙台ではどちらも〝果物のカキ〟の発音だからです。これでも思わぬ失敗をしました。あるお宅に主人とお招ばれしたとき、お酒の席でもうそろそろおしまいになる頃、奥様が「そうそう、かきがあったけれど、生の方がお好き?」と聞かれました。とっさに、かきは生でなければ干し柿と思った私は「ええ、大好き」と言ってしまいました。お食後の柿と思ったのでした。ところが出てきたのは、私がどうしても食べることのできない酢がき。今さら、果物の柿だと思ったのです、とも言い出せず、そっと主人の空になった器と取り替えてもらったのです。でも、こんな間違いもしばらく経つうちにとっさの判断で理解できるようになってきました。そればかりか、おしょしい（はずかしい）、なんぼっしゃ（いくらですか）、めんこい（かわいらしい）など、今では思い出せないような言葉の数々、そして歯切れのよくないなまりも、いつの間にか「ふるさとの言葉とはこういうものかしら」と思うようになつかしい響きにかわってきたのです。

方言　その二

（一九七九年十月十二日）

東北の方言について書きましたら、関西の言葉のことを書きたくなりました。こんなことを書くと関西の方に叱られそうですが、なぜか関西なまり、特に大阪弁は大嫌いなのです。大阪でも、船場とか、道頓堀とか微妙に違うということですが、その区別は私にははっきりわかりません。京都の言葉は何となくわかるような気がしますし、そのやわらかな、はんなり、とした感じは嫌いではありません。大阪転勤に伴い西宮で一年余り暮らしたのですが、その期間が短くて馴染めなかったからだとは思いません。その後、やはり一年余り暮らした福岡での言葉は私にとって快く響きましたから……。

主人の説によると、仙台や福岡では「東京」をそのまま受け入れるけれど、大阪では東京対関西という対抗意識が強いからお互いに受け入れ合えないのではないか、というのです。こういうと大阪人は嫌いということにもなりかねませんが、そうではないのです。関西にも心の通ったお友達が何人かありました。

ここでも、言葉の違いによる間違いを何回か経験しました。たびたび間違えたのは〝あかん〟と〝なおす〟の二つです。いけないとかダメという意味の〝あかん〟を〝開《あ》かん〟と取り違え、「あら、それは開《あ》くはずよ」と大きな声で言ってしまったり、子供のピアノの先生が「さあ、この本はなおして（片付けて）」とおっしゃったのを「破れてしまったの？」と、とんちんかんな返事をしてしまったり……、はっと気付いてはずかしい思いをしたものでした。

福岡で一番面白いと思ったのは電話をかけるときに、〝もしもし〟というところを〝もしもー、もしもー〟と長く伸ばすことです。二つ目の〝し〟は言わないのです。〝かたろう（仲間に誘う）〟とか〝……しとるけん〟と語尾にけんをつけて言うのは、東京に帰ってからもしばらくは子供達のくせになってなおりませんでした。でも福岡では意味を取り違えたり間違えたりして困った記憶はありません。

私の体験した地方での生活は、仙台、西宮、福岡だけなのに、言葉についてのみ考えても東京だけで生活していたのでは味わえない、いろいろなことを知ることができました。風習、習慣についても同じことが言えます。

小学校を五回も変わった長女、幼稚園を三回変わった長男を可哀想だったと思いますが、それはそのときのことで、今はさまざまな体験をさせて、本当によかったと思っています。

言葉の勉強のすすめ

（一九七九年十月三十日）

由美、お母様からの突然の手紙で何ごとかと思うでしょう。きょうは、あなたに〃言葉の勉強〃をすすめたくてペンをとりました。なぜ？　それにはちょっと告白めきますが、お母様がなぜ木曜の夕方朝日カルチャーセンターに行く決心をしたか、聞いてもらうのが一番よいと思います。

まず第一に、大勢の人の前で話すのが大の苦手なこと、それには原因というか、きっかけがあったのですが……。今から十数年前、仙台で、ある生活勉強のグループに入っていたとき、幼児を持つ主婦の暮らし方を大勢のお客様の前で発表しなければならなくなりました。リハーサルのときは自分でも満足するほどの出来映えだったのですが、いざ、お客様の前に立った途端に、原稿を棒読みするような状態になってしまいました。それ以来、駄目になってしまったのです。

第二は、順序よく、わかりやすく話すのが下手なこと。頭の中では話したいことが渦巻いているのに、いきなり指名されたり、上手に話そうとすると、かえって支離滅裂になってしまうのです。

第三に、私達は言葉なしでは通じ合えない人と人との係わり合いの中に生きているのですもの。自分自身の言葉を見直したくなったから。

実は、お母様は今から二十二年前（一九五七年）、ＹＷＣＡの夏期講習会で二日間大久保先生の〝言葉を正しく美しく〟というお話を伺ったことがあるのです。そのときのテキストとレポートが昨日「家庭の記録」の箱の底のほうから出てきましたから、この手紙と一緒に見せてあげましょう。そのときから勉強を続けていれば、今の悩みはなかったかもしれませんね。でも後悔先に立たず、お母様は後悔したときが再出発のときと考えることにしています。

お三方の先生のお話は、二時間の過ぎて行くのが惜しいほど人をひきつける力を持っていますし、〝表現読み〟〝書きなれノート〟など演劇に興味をもつあなたにとっても、きっと楽しいものになると思います。そして、何よりも、お母様のように〝空白の二十二年間〟を過ごさないことを希っています。

私の書きなれノート

（一九七九年十月六日）

今日でやめてしまったら本当の三日坊主。ですからきっと明日もこのノートを書きます。

これを書き始めるとき、新しいノートに、きれいに〝思いつくままに〟などと書いて、昔、日記を書いたときのようにちょっと気取った言葉を並べたりして……、と一瞬思いました。

でも、そういうことは一切やめることにしました。ノートも子供の古いノートの余白の分がたくさんあるのでそれを使って、いつ捨てても惜しくない気分で書き出しました。鉛筆で、もし間違っても、気にいらなくても、ちょっと消しゴムを使う以外には決して書き直したりしない覚悟で書き始めました。人に見せるのではない、ただただ〝書きなれるために〟書くのだと自分に言い聞かせて……。

字の汚さも、文章のつたなさも、句読点などもしばらくの間は気にしないで書き続けようと思います。途中でふと考えると手が動かなくなってしまうからです。今は、ただ思いつくままに、頭に浮かんでくるままに書きつけておこうと思います。

学生の頃、作文は嫌いではなかったのに、なぜ、こんなに書くことが苦手になってしまったのでしょう。

まず、字が下手なこと、ペン習字を少ししてみたこともありますが、大嫌いなことなので続きません。次に考えていることがよい文章にならないこと、改まった手紙だと書くことが思い浮かばないまま、手を休め、前の部分を読み返し、気に入らなくて破いてしまう、その繰り返しになることもあります。

でも不思議なことに今〝気にしないで書く〟ことにしたら、このノートを書くことは少しも苦痛ではありません。

これは小さな声で言いたいのですが、本当のところ、ちょっと楽しみなことにもなっているのです。

虹の会で自己紹介

（一九七九年十月八日）
明日初めて声のボランティアの集まりに出るので、もっとも簡単に。

港北区綱島からまいりました伊澤節子と申します。朝日カルチャーセンターで声のボランティアの基礎の講座を受けたばかりで、実際のことはまだ何もわかりませんので、御一緒に勉強させていただきたいと存じます。どうぞよろしくお願い致します。

その他に――
東横線綱島の駅から五分足らず、綱島公園のすぐわきにある鉄筋アパートに住んでおりまして、交通、買い物等、生活には大変便利なところでございます。

家族は会社員の主人と、大学一年の娘、中学三年の息子の四人、いわゆる核家族でございます。

私、お仲間に入れていただきましても実際にどのようなことができるか、しばらく勉強というか予備軍のような形で御一緒させていただければ、と思っております。と申しますのは私仕事を持っておりますのと――自宅でタイプの仕事をしておりまして、これはかなり時間の融通がつくようにしているのですけれど――、八十歳になる主人の母が大磯におりまして、この夏頃から白内障が進み、ちょっと遠出するときは一人では足下が危なくて私が送り迎えしなくてはならなくなりました。ずーっと東京で暮らしておりましたので友人もそちらに多く、体は私よりも元気なくらいなので、なるべく好きなようにさせてあげたいと思っておりますので……。

このような状態でございますが、一人でいては何もしないで毎日が過ぎて行ってしまいそうなので、御一緒させていただきたいと存じます。どうぞよろしく。

声のボランティアを志した動機

いつの頃か、まだ十代の頃からだと思いますが、いつか点字を習って目の御不自由な方に、読書のなぐさめを、と考えていました。小さい頃からとても本を読むのが好きだったからでしょう。でも気持ちだけで時は過ぎ、結婚をして初めて仙台に転勤になったときです。私が初めて全盲の方と直接触れ合う機会にめぐりあったのは……。

主人のためにマッサージを頼もうと電話帳を引いて頼んだのが全盲の方だったので、正直なところ驚いてしまったのです。例えば「お茶をどうぞ」と言って手渡さなくてよいのか、バス停まで送ってあげるのにどういう風に手を取ればよいのか、わからないことばかりでした。目の不自由な方のお役に立ちたいというのは、ただ頭の中で考えていたことに過ぎなかったからでした。

そのうちにすっかりうちとけていろいろ話すようになり、釣りに行くこと、ステレオを組み立てること、旅行が好きなことなど、とても積極的に生活を楽しんでおられる姿勢に感心しました。

ある日「医学が進むので勉強しなければ遅れてしまう」という話に、「お仕事が終わってから点字でお読みになるのは大変でしょう」と申しましたら、「家で仕事しながらテープで聞くのです」とのこと。そのとき、初めて声のボランティアのあることを知りました。二十年近く前、まだオープンリールのテープデッキが普及し始めたころだと思います。そのときに、私が点訳奉仕をしたいと思っていることを話しましたら、「これからは是非テープをしてほしい」と言われ、「まだ子供も小さいし、いずれ東京に帰ったら……。あなたのためにはお役に立てないかもしれないけれど……」と、いつか声のボランティアになろうと決めたのです。そして、そのことはいつも心にかかりながら、仙台から東京、大阪、福岡と転勤、またそのための勉強のきっかけもつかめないで月日が経ってしまいました。

ですから、朝日カルチャーセンターの横浜開講、その中に「声のボランティア」をみつけたときは、すぐに決心しました。家族も喜んで賛成してくれました。十数年もかかってやっとここまでたどりつきました。少しずつでも自分の生涯に織り込んで、続けていきたいと思っております。

言葉づかい

（一九七九年十月十三日）

この頃、若い人達の使っている言葉で気になるものの一つが〝ホントに〟です。娘の電話を聞いていると〝ホントに〟〝ホントに〟の連発で、別に疑問符のつく〝ホントに？〟ではなく、ただ相槌を打っているのです。電車の中でもよく聞こえてきます。しばらく前までは〝ホント〟で、〝に〟はついていませんでした。そのときは英語の〝REALLY〟という相槌と同じかしらと思っていました。娘に〝それで？〟とか〝そうなの〟〝そう〟などという相槌の言葉があることを教えても、〝ホントに、そんなに言ってるかしら〟という返事が返ってくる始末。

それから男の子の使うような〝だよ言葉〟も気になります。これも、注意しても直すどころか、〝友達と話すのに、家で使うような言葉はおかしくって……〟と一向に直りません。

そういえば、私も子供の頃、言葉づかいのことは、うるさく言われた覚えがあります。〝違うわよ〟の〝わよ言葉〟は品がないと、〝違うことよ〟と言い直しさせられました。なぜいけないのか、口答えをするようで母には聞かずじまいでしたが、大人になってから読んだ本に、〝……でありんす〟などと同じように、〝わよ〟も「くるわ言葉」だと書いてあったように思います。

もう一つ〝すみません〟も、〝相すみません〟か〝申し訳ございません〟と言いなさい、と教えられました。なぜでしょう……？

そういうふうに育てられた私も、この頃は平気で〝わよ言葉〟を使ってしまいますし、ときには〝すみません〟と言うこともあります。ですから娘の言葉づかいが乱れているなどと嘆いても、もし、母が生きていたら「あなたはどうなの？」と言われてしまうでしょう。

ただ一つだけ〝すみません〟を〝ありがとう〟の代わりに使うことは大嫌いです。〝すみません〟はお詫びの言葉だと思うからです。感謝の言葉は、やはり、心をこめて〝ありがとう〟と言いたいものです。

里親

（**一九七九年十月十六日**）

今日、お料理のおけいこのとき、カンボジアやベトナムの気の毒な難民、ことに、お腹を空かせてやせ細り、うつろな目をしている可哀想な子供達のことが話題になった。

Mさんが、「私達の家庭で一人ずつ、食べさせて、着せてやるくらい少しも無理なくできると思うの。そうしたら、ここだけで七人の子が養えるわ」とおっしゃった。先生を入れて七人だから。すぐにIさんが「寝かせる場所がないわ」。「本当に」と私。

実は今朝もテレビに映った子供達を見て、「あの子達の里親になれないかしら」と主人と話したばかりだった。ゆとりのある生活ではないけれど。

私達のまわりには物、ことに食物があり過ぎる。封を切って少し食べただけでしまってしまったクッキーやおせんべいには、少しくらいお腹が空いていても誰も手を出さない。サンドイッチの耳だって、もったいないなあと思いながら切ってしまう。もちろん、そういうもので育てようというのではないけれども。寝かせる所さえあれば、一緒に食べて、そして子供達の小さくなった洋服などをゆずり合って、一人くらい育てられる力は沢山の家庭の中にあるのではないかしら。そして、その子達が成長して自立して行かれるようになったら精神的な里親、そして、娘や息子は、その子達の兄や姉のようになって……。

夢のような話だけれど、あの可哀想な子供達を見ると、本当になんとかしてあげたい、できることはないかしらと思う。生まれてきてよかった、生きていて楽しい、と思うことができるように。

台風の一日

（一九七九年十一月八日）

十月十九日、十数年ぶりに台風が東京地方を直撃しました。その日は金曜日で、私は一日家にいられる日でした。集中してタイプを打つつもりで朝から能率よくやっていました。ところが十時すぎ、中三の息子のクラスの連絡網で、「雨が強くなるので十一時に全員下校させます」という電話がありました。それからが番狂わせで、私から伝えるお宅は二軒ともお留守。そのお宅を飛ばして次の方、一人は「電話番号が変わりました」という交換手の声だけで、ついに連絡できず、その次の方に、もう一軒の次の方も、またその次もお留守。つまりあの台風の日に四人の方がお出かけだったわけです。私も水、木とも留守にしていたのですが、お勤めか、趣味のおけいこか、今の主婦の外出の多さを改めて知りました。

電話をかけているうちに十一時になってしまい、またタイプの前に座ってしばらくすると停電になりました。スタンドがなければタイプを打つことはできません。久しぶりにアイロンをかけようかしら、と思いついて「あ、停電している」。ミシンでなべつかみか雑巾でも縫おうかしらと思いつくと、これも電動ミシン。それでは雨の中を帰って来る子供達にお菓子でも焼いておこうと思うと、ミキサーが使えません。本当に自分でもおかしいと思うほど、次から次へ思いつくもの電気なしでは使えない器具なのです。日常これほど電気の御世話になっているとは思っていませんでした。仕方なく窓ぎわの少しでも明るい所をえらんで本を読んでいました。電池を入れたラジオをつけっ放しにしておきました。

午後早く息子が帰ってきますと、間もなく東横線がとまり、窓から見える東横線綱島駅には夕方まで上下線ともホームに電車が止まっていました。

その夜、主人はいつも通り帰って来ましたが少し濡れていました。大学生の娘は「今日は一度も傘をささなかったわ」と、こちらの心配をよそにケロッとした顔で帰ってきました。雨の間中、校舎の中にいたのです。

一番濡れたのは、台風のため早く下校になった息子でした。

節子の日記より

真剣に生きて行く両親の姿、
それを感じとってほしい。

1989年6月20日　1回目の入院（K病院にて）

家族

由美子

一九六二年（昭和三十七年）
四月二十日

良、どうしたらよいのでしょう、お昼に、わかめのおみそ汁をいただいたら、のり玉子の御飯をあげます、というのに、由美はとうとうガンバッておみそ汁をいただかずに泣き寝入りしてしまいました。もう二時なのにそんなことは忘れたかのようにスヤスヤ眠っております。とても可哀想になってホッペにキスしてしまいました。起きたら玉子の御飯をあげましょう。甘すぎるかしら。食べず嫌いをなくすにはきつくしなければいけない、と思ったり、楽しくあるべき食事をつまらないものにしては、と考えたり……、良、どうすればよいのかしら。

四月二十一日

由美の食事について、七時四十分に朝食、お十時を抜いて、十一時半に昼食、おやつ（お菓子よりも果物、牛乳等の軽食）、食事中はテレビを消すこと、お腹を空かせて嫌いなものも食べるようにする。そして、今日から九時には一人でベッドに入れることにする、泣くのを覚悟して。

四月二十三日

初めて一人でベッドに入れたときは一時間近くも、その夜は三十分、そして十分くらいとだんだん泣く時間も短く、あきらめるようになったらしい。よい習慣がつきますように。

一九六三年（昭和三十八年）

二月十九日

良からこの電話。ちょうど七時半、由美をねかして食事を先に済ませようか、待とうか、と考えていたところだったのでカンゲキ。でも少し飲み過ぎて帰っていらしたのは悲しかった。良のお体のことだけが心配になった。

二月二十日

香から十七日朝、安産のお手紙、キャシー。
由美子（一九六〇年五月四日）
玲子（一九六二年九月七日）
キャシー（一九六三年二月十七日）
とうとう三人とも（玉川学園時代の三人組）ママになった。それも女の子の。この子達がしあわせに、素直に育っていきますように。

昨日、私が洗濯している間、由美がとてもおとなしいので、ちょっとのぞきに行くと、鏡の前で顔にクレヨンをぬりつけている。「あっ、由美」と言ったトタンに「由美、インディアンになっちゃったの、ゴメンナサイネ」と言われ、気勢をそがれ怒れなくなってしまった。憎めないイタズラをしてママを困らせる。

三月一日

三月の声をきき、急に春の喜びを感じる。ここ一週間、風の強い日、雪の降った日もあったが、暖かさに雪が軒から流れ消えてしまった。

三月十三日

由美が昼食が済むと、「おやついただきたい」と大騒ぎするので、時計がぐるぐる回って三時になったらあげましょう、と言うと、私が台所に立っている間に自分で時計を回してしまい、「ぐるぐる回ったから、三時になったから、おやつ」とまたおねだり、六時半を示していた。でもあげませんでした。

三月二十八日

ぬり絵を塗って、とママのところに持って来たのでお人形の髪を黒く、唇を赤くして、生き生きと見えてきた。「ママお人形さん元気になったわ」と喜んでいる。

五月四日

由美、三歳のお誕生日。大好きなおさしみで、おばあちゃま、啓おじちゃまもいらして賑やかなお食事。三本のローソクが立っているバームクーヘンとフルーツポンチ。おばあちゃまから刺繍のブラウス、スカート、ベビーゴルフ。啓おじちゃまからキャンデー入りの手提げ。パパ、ママから三輪車。

由美は、今日はお誕生日なのよ、と言っても、どうしても「今日は私の結婚式なの」と言って譲らない。四月十九日に私達の結婚記念日のお祝いをしたのと同じに思い込んでいるらしい。また押し入れから結婚式の写真を出して、飾って満足している。

早ければ、あと十五年もすれば本当にそういうことになるのかもしれない。

三歳、赤ちゃんから脱けだして子供へ第一歩、おめでとう。

五月十五日

ここ二、三日、毎朝、鈴木さんのトシイチ君が遊びに来る。由美もお兄ちゃまはまだか、と待ち兼ねていて、三輪車の音が聞こえると窓のところに飛んで行き、「お兄ちゃま、待っていたのよ、わたしよ」と声をかける。お座敷で新しい三輪車に乗ったり、庭に下りて砂遊びをしたり、上がったり下りたり忙しいが、お昼頃ママがお迎えにいらっしゃるまでよく遊ぶ。

六月六日

梅雨に入り、じめじめと降り続く。

今日は久しぶりに曇り空ながら雨をみない。由美は家の中にいるのが飽きてきたのかタオルを持ってゴロゴロ。具合が悪いのかと心配してしまったが、全然その心配はなさそう。午後三十分くらい、一緒に絵本を読む。

今日から夜寝る前に、「神様、一日お守りくださいましてありがとうございました。明日も良い子に致しますからお守りください」とひざまずかせてお祈りさせることにした。「ママ、神様はどこにいらっしゃるの」と聞くので、「遠い遠いお空の国からいつでも由美やママをじっとみていらっしゃるのよ」と教える。

自分で疑問を持って、知ろうとするまで神というものの存在をそのまま信じさせたい。

八月二日

毎日午前中、寿一君、のり子ちゃんが遊びに来て、さながら保育園のよう……。ケンカの仲裁、お水、オシッコと何度も仕事を中断され、なぜこんなことをしなければならないのか、と本当にいやになってしまうこともたびたび。そして、これは子供嫌いの私に与えられた神様の御摂理かしら、などとマジメに考えてしまう。家には砂場があるから、そして三軒の中では少しは広くて遊びやすいから。

明日はできるだけ海に行こう、広々としたところ、オゾンを胸いっぱい吸い込んでこよう……。

八月五日

三日、四日と続けて深沼（海水浴場）へ行って来た。いささか疲れたが気分爽快。

八月二十九日

由美のお目め、パチパチがひどくなるので十九日より眼医者通い、ついでに私も虫歯三ヵ所の治療に歯医者通い、由美の前歯の虫喰いは二回で終わってしまった。毎日午前中は洗濯、掃除、アイロン、保母さん。午後昼寝をさせて二時頃から眼医者へ、行きはバス、帰りは歩いて途中で買い物をしたり二十五分くらいかかって五時頃帰った。二人にとってよいレクリエーションになっている。由美の夕食も進むし楽しみにしているらしい。初めは大騒ぎだった洗眼も泣かなくなったし、注射のときはほめられるので、えらくなったような気がするらしい。

十一月一日

毎年今頃になると思うことながら今年もあと二ヵ月。

今日は再び病院に行き検尿の結果、治療方針を決めるそうです。もっと早く気がつけば由美にあんなに可哀想な思いをさせなくても済んだのに（お手洗い通い）、とS先生への不信がいっぱいです。

もっとあのときにはっきり調べてくださっていたら……、でもこれからは治療に専念いたしましょう。

良が出張なさり、久し振りに由美と二人きりになり一層頼りないのです。

十一月十三日

由美、全快。重荷がおりたよう。

十一月二十二日

七日頃より「つわり」が始まり、今までで一番辛いような気がする。これが当たり前なのかもしれないけれど、良にも由美にも申し訳なく思うことがたびたび。

毎年今頃になると思うことながら、家計のやりくりの下手だったことが反省される。残された一カ月、来年こそ……。

無理のない守れる予算をよく考えること。

予算を絶対に守るべく努力すること。どうせ要るのだから、という考え方をしないように。

献立を考え、買い過ぎないようにすること。

幹生誕生

一九六四年（昭和三十九年）
六月十一日
とうとう予定日を過ぎてしまった。早くなるかもしれない、と思っていただけに落ち着かない感じ……。先生も陣痛をつけたほうがよいでしょう、とおっしゃるので午後入院する。お夕食を見たトタンにがっかり、家が恋しくなる。お母様も一緒にいらしてくださり、良が後から枕等を届けてくださる。注射、五時から一時間ごとにお薬をのむ。
夜、思いがけなく良が「いちご」を届けてくださり、とてもとてもうれしかった。

六月十三日

十二日、午後九時四十五分、良二世誕生、女児とばかり思い込んでいたので実感としてピンとこない。でも、今日一日中、疲れからうとうとしながらも、この子の将来のことを考えている自分がおかしくなる。

六月十四日

良、節子生まれて初めてのホームシックになりました。本当の家庭に育っていらした良にはおわかりにならないかもしれませんが、今まで、私は……。

六月十六日

由美は大分おばあちゃまを手こずらせているらしい……。病院にいてはどうしようもないのだけれど困ったこと、それもお友達関係のことだから仕方ないと考えてみたり、自分で手を下せないだけにいらいらする。考えても仕方ないことを考えているとき、今日はお帰りが遅いから、とあきらめていた良が思いがけなくいらしてくださった。何よりもうれしいこと。

伊澤幹生と命名することに決める。

六月十八日

夜十一時の汽車で良は東京へ出張、その前八時から九時頃までいらしてくださる。明日はお目にかかれないけれど明後日、東京の帰りにお迎えにいらしてくださるのをお待ちしております。

早く家に帰りたい、おばあちゃまもパパも由美も、それぞれ疲れていらっしゃる。私が帰ったところで大した変化はないし、ますますお忙しいかもしれないけれど、毎日の生活が軌道に乗るようになることを祈っています。

六月十九日

もう一週間経ってしまったのに、まだお乳は全然張ってこない。お薬をのみ昨日から注射をしているのに、一向に効き目が現れない。由美のときはあんなに出たのにどうしたのかしら、幹生を私のお乳で育てたい、とこんなに願っているのに……。良、この淋しさ、悲しさ、おそらくわかっていただけないでしょう。

六月二十四日

今朝、初めてお乳が張ったのを感じてうれしかった。

良、いろいろ行き届かないことばかりでごめん遊ばせ。三時間おきのミルクで、まだこの生活に馴れない私がとっても疲れますの。そして梅雨にはめずらしくお天気が続いて、由美が外で遊ぶのでいろいろと……。雨がざあざあ降ればかえって休養できるのにと思います。お母様も、さぞ、お疲れのことでしょう。

仙台より東京に転勤

一九六七年（昭和四十二年）

七月二十二日（土）くもりときどきはれ

昨日お見送りしたら、やっぱり東京に行くのだな、という実感が湧いてきました。今日から少しずつ、今月中にはすっかり片付け、いつでも出発できるように用意致します。赴任なさる前の夜おっしゃったように、「本当に仙台に来てよかった」と私もしみじみ思います。ずーっと東京で過ごしてしまったら、このような人と人との心の触れ合いをおそらく知らずに過ごしてしまったことでしょう。片付けるものの一つ一つに、ここに来てからの思い出があり、長くも短くも感じられる六年間のことをいろいろと振り返っております。お母様の許を離れてから、良のある一面をあらためて知ったり、大森にいたときは表さなかった私のわがままが出たり、私達にとっても新しい生活だったと思います。また、東京に帰っても、いつでも努力だけは忘れないで共に歩んでまいりましょう。

今日、幹生がお昼寝から起きてよそ行きのブラウスを出してきて、「着替えて超特急で東京に行きましょう、お父様のところへ行きたい」としばらく泣いていて、本当にこちらまで悲しくなってしまいました。「お父様まだ帰っていらっしゃらない」とときどき思い出したように申します。

由美子も成績表をいただいてきました。「操行一番」とは!! 賞状付はクラスで三人だそうです。昨日、学校に送っての帰り、幼稚園の大竹先生にお会いしましたので転勤のことお話したら、「お成績もとてもよいそうです」。本当に惜しいとおっしゃってました。私は完全を求めすぎるのかもしれません。

七月二十三日（日）はれ

今日から由美子の夏休み、幹生の「お父様に会いたい、超特急に乗りたい」には悩まされます。一日四回は言いました。夜、二人のために花火をしてやりました。ベッドに入るときに良からの電話でした。知子さんのところ、子供達がそばにいると思うとチャンラックタン（タイ語でアイラブユー）が言えなくて……幹生でなくても早く……と思う気持ちでいっぱい。どうぞ手頃な家が見つかりますように。二人が寝静まったらまた押し入れを片付け始めます。

七月二十五日（火）はれ

家が決まりホッと致しました。良も同じ思いでいらっしゃることと思います。それにしてもあと二十日間、早く経ってしまうとよい。良のいらっしゃらないお食事がどんなに淋しくて作り甲斐のないことか……、今度はもっと一生懸命にいろいろとしたいと思います。久しぶりに日下さんが一緒で、おいしくビール一杯いただきました。幹生が夕方七度三分熱がありました。元気だから大丈夫でしょう。昼間は暑くて私は何もできません、体を第一に、昼間は勝手してゴロゴロしております、チャンラックタン。

七月二十七日（木）くもり、夕立

私でさえこわいような雷が鳴って、気持ちよい雨が降りました。

子供達の寝た後で……、電話で引っ越しのこと、モタついてごめん遊ばせ。もっとしっかりしなければいけないのに、何だか心細くなってしまったの。早くお会いしたい、まだ間に二回日曜があるのね、長く感じます、チャンラックタン。

七月二十八日（金）くもり、俄雨

お見送りしてから一週間、一カ月にも感じられるほど長い一週間、片付けをしながら一人でいる夜の時間の長さを感じます。これからは良が何をなさってもいやがらずに……、二人でいられる時間がどんなに貴重なものか、あらためてしみじみと感じさせられています。あまり淋しくて、私が東京にこの春に行っている間の良の日記を読みました。私の今の気持ちと同じ、淋しいけれど良の深い深い愛を思ってしあわせです。あのときは子供もいないこの家でポツンと一人だけ、不自由な思いをおさせしたと申し訳ない気持ちと、それを我慢して私達に楽しい思いをさせてくださったことに感謝でいっぱいです。今も、知子さんのところにいらしても良のことだから気をおつかいになるでしょうし、私が言わなくてもパンツは御自分でお洗いになったなんて……。電話でお話すると長距離のことも忘れてただいつまでもお声を聞いていたくなるの、明日の晩を楽しみに……。
では、今日は由美の引き出しを少し整理してやります。押し入れはもうＯＫです。

ごきげんよう

七月三十日（日）くもり

今日は日曜日というのに良がいらっしゃらない上に夏休みなので、いつもと同じ一日です。日下さんと海に行くはずでしたが特に連絡もなし、私も昨日は熱を出してしまい、今日は一日中ベッドでゴロゴロしている有様、子供達と約束しなくてよかったと思います。日通やホテルのことなどすっかり済ませたので疲れが出たのかしら。

陽子姉様からお電話で、「代沢にきめるように言おうと思って掛けたの」ということ、本当にラッキーかもしれませんね。

私がベッドにいると幹生が「おかあたま、虫つかまえたの、カッコいいでしょ」とコーフンして飛んできたので、この間買った虫とり網で蝶々でも捕ったのかと思いましたら、小さな「あり」をつぶれるほどギュッとつまんで見せに来たのでした。

お父様からいただいたおこづかいで由美は虫とり網を買いました。五十円で十円玉が五つおつりがきたので、私が五十円玉に替えてあげると言ったら「イヤ」ですって。沢山の方が多いような気がするらしいの。

夕方、私が少し苦しかったけれどミキだけお風呂に入れて、「あなたは一人で入ってね」と言いましたら、「あまりムリしないで寝ていてね」とうれしいことを言ってくれました。

澤田様の東京みやげに東京タワーの組み立てをいただきました。良のお仕事が一つできましたね。

今日は一日何をしていらしたのでしょう、テレビ？……。こうしてとりとめのないことを書いていると、良とお話ししているような感じなの。

八月五日（土）はれ、俄雨

二日にお母様がいらしてから食欲も出て、調子もわりに良く、胃薬を用心のために飲んでいます。

今日は和ちゃん（甥）のドライブで深沼（海水浴場）へ行きました。午前一回、午後二回海に入りました、というより水遊びですけれど、いつもより波が荒くて引きも強かったのですが、初めは恐る恐る水から遠のいていたミキ（幹生）が、だんだん大胆になってお姉ちゃまの後を追って海の方に行くので、手をいつでもギュッと握って波にさらわれないようにしていなければなりませんでした。和ちゃんと二人でしたから助かりました。由美は一度ザブンとかぶってペッペッとしていました。やっと車のあるこの夏をこちらで過ごせないのは残念。

後、ちょうど一週間、楽しみに、チャンラックタン。

八月九日（水）はれ

あと三つ寝ると良が帰っていらっしゃる。お電話のお声聞きたいけれど我慢します。何となく体の具合があまりよくなくて、昨日も七度ほど熱が出ました。でも、とても飲みたくなるから大丈夫、ウイスキー少しずつ飲みました。淋しいのね、きっと。

大阪転勤

一九六八年（昭和四十三年）

一月十日

昨日、大阪転勤決定、辞令は十五日頃とのこと。良は今日、黒川、今津様とお会いになってまだお帰りにならない、十時四十五分。

今回の異動でくさっていらっしゃるお気持ちがよくわかるだけに、何と申し上げようか、なんて私も辛い気持ち、お飲みになって気分が晴れるなら存分にお飲みになって!!　そして大阪では新しい出発をしましょう。良の立場なりにできるだけのお仕事をなさるよう祈ります。

私だって、由美子のためにも、一年くらいは東京にいたかったと思います。でも知らない土地で、また新しい友達を作り、由美子も少しでもたくましくなってほしいと思います。

良、お飲みになってもお体に障るほどは召し上がらないで、私達の大事なただ一人の方なのですから。喜びは二倍に、悲しみは半分に、その半分を私が受け止めていることをどうぞお忘れにならないで。

何もできなくても、ただお傍にいるだけの私。でも何でもおっしゃりたいことがあったら私にだけはお話になって!! ただ聞いているだけ、それだけの私ですけれど。いつまでも、どこまでも、良と一緒に歩んでいきます。たとえ、つまずいても、転んでも。

どうぞ、今日、お友達と少しでも楽しくお過ごしになっていらっしゃいますように。

子供達

一九六九年（昭和四十四年）
十一月二十四日

今年も一ヵ月余りで過ぎて行く――と思うと、また、例年のように反省することばかり。一つ一つ書いていたら自分がみじめになってしまいそう。完全な家事をめざす「友の会」の中にいるから、こんな思いをするのかなと思ってみるけれども、そうではない。一人でいても思うことは同じであろう。食事、掃除、経済、なに一つ満足できる状態ではない。子供に対しても……。昨日のPTA研修会でも、私は子供に対しても完全を希みすぎて息を抜くところがないのではないかな、と反省させられた。「賢父慈母」と先生がおっしゃったけれど、家は反対みたい。慈父、そして賢母ではなく、言ってみれば堅母、カタイ母親かもしれない。由美も幹生もあまりにお互い同じでありたい、と思いすぎているようだ。

それぞれの違いを自覚しろ、という方が無理なのかしら。これは取り越し苦労かもしれない。昨日、二人仲良くお留守番していたもの……。真剣に生きて行く両親の姿、それを感じとってもらうよりないだろう。

入院

あと　ひとつきもしたら
　ここに　今朝と同じように
　　私がいるでしょう

それまでしばらくの間
　さびしくても　ひとりでないと
　　いつも思ってがまんします

ありがとう　感謝の気持ちでいっぱい
　こんなに平静な気持ちでいられるのも
　　良がそばにいてくださるから

このごろ　すきな言葉
あるがままに――
なにか大きな力の中で
あるがままに――

早くよくなるように　もし辛いことがあっても
わがままをいわないで
できる限り努力します

早くここに戻ってこられるように

良もけっして無理をしないでください

一九八九年六月十九日

節子の入院経歴（K病院）

一	一九八九年（平成元年）	六月十九日〜七月二十三日	（三十五日）
二		八月七日　〜八月二十九日	（二十三日）
三	一九九〇年（平成二年）	六月七日　〜六月二十三日	（十七日）
四		七月十六日〜七月二十四日	（九日）
五		九月十七日〜九月二十六日	（十日）
六	一九九一年（平成三年）	二月四日　〜二月九日	（六日）
七		六月十七日〜六月二十三日	（七日）
八		九月十九日〜十月十日	（二十二日）
九	一九九二年（平成四年）	二月八日　〜三月十三日	（三十五日）
十		五月十五日〜六月十三日	（三十日）
十一		七月六日　〜九月七日	（六十四日）
			計　（二百五十八日）

七日早朝亡くなる。

発病・入院

一九八九年（平成元年）
五月二十日（土）

一カ月くらい前に下血に気づいた。鮮血だし、それほど深いところではないから様子をみて……、なによりも五月の初節句、そして十六、十七日の「せせらぎ会」の旅行にだれにも心配かけずに行きたかったし、自覚する苦痛は何もないし、ほんとうなら黙っていたいくらいだった、というわけにもいかず、昨十九日、三田（姉の家）にＴＥＬ。姉上、紘君（甥でＫ病院の医師）と話し、月曜にＫ病院に行くことになる。

良はあまり口に出しておっしゃらないだけに心配してくださっているんだな、とわかる。こうなってしまったら、私はよくなるように努力します。悪性か良性か、五分五分だと思う。

絶対に良を残してお先にサヨナラなんかしませんからね。まだまだ二人で行きたいところもあるし、私自身もやりたいことがある――。

病気を知った上で、よくするためには、どうぞいらない心づかいをしないで、ありのままをお知らせください。

私って、いざとなると立ち向かって行く性格らしい、少しもマイナス気分にならないから不思議。

心配させ屋さんは良だけでよかったのに、私まで心配させてしまってお許し下さい。

六月十九日（月）雨

九時前に家を出て入院、大荷物二つ、良に送っていただく。葉山会（戦前、葉山で遊んでいた仲間の会）のKさんの妹君、Eさん（現宮崎）、胆石で手術。同じ病棟に、やはりご主人と一緒に四五〇号室に、私四五一、田崎の兄が四五三、と並んで偶然。

昼食が出たところで良帰宅。ガンバッテネ。一時頃K先生が、ついでK婦長さんがご挨拶（?）に。

一時過ぎ福沢さん、フロックス（盲導犬）といらしてくださる。ステキなテープレコーダーとテープ（お願いしてあった『福翁自伝』と和波さん〔全盲のバイオリニスト〕のCDなど）、二時外科外来とのこと。陽子姉様ものぞいてくださって、ゼリーとピンクのきれいなバラをいけてくださる。

六月二十四日

今日から無繊維食になる、祐介の離乳食みたい。ネプライザーの練習。

六月二十五日

「いよいよあさってですね」とYT先生がのぞいておっしゃった。手術に対しての不安、痛み（麻酔がとれてから）とか、麻酔がさめるとき、あらぬことを口ばしるのではないかしら、とか考えればきりがないけれど、こういうことにリスクはつきものだし——。

私自身にできることは、できるだけ素直に協力する覚悟はできている。早く元通りの生活をしたいもの、そう思える生活があることを心からうれしく思っている。

六月二十七日

朝八時半頃、ミキ、敦子姉様、紘君、良、来てくださる。

九時、「じゃあ、がんばってね」「いってまいります」。良、心配そう。

手術室に入ってきょろきょろ見まわす。九時十三分、ストレッチャーから手術台へ、手、足にベルト。「ひとつ、ふたつと数えて」「七ｃｃ」（これは体重に合わせるらしい）。ひとつ、ふたつ……、二度目のかな？　十七でわからなくなる。

「伊澤さん、終わりましたよ」何時？「二時半」。良が左手を握ってくださる、もうろうとしている。声が出ない。「右手が冷たい、ミキ握って」。足が冷たい、ミキがあたためてくれた。

正直なところこのあたりの前後はよくわからない。四時間かかった。Y先生「卵巣が卵大になっていたので取りました、腸はきれいになりました。見えるところは全部きれいにしました、ていねいに縫いました」と。

待っていてくださった方はさぞお疲れのことと思う。こんなにたくさんのありがとうを言える私はしあわせです。

六月二十八日

昨夜は麻酔がさめてゆくのか、夢とも違う幻覚のようにいろいろなものが頭に浮かんでは消える。「良のお食事を、と野菜を切ったりするが、料理しようとすると、足がない、立てない」というような。

酸素をはずす。リップクリームをつけようとしても手と唇が合わなくてつけられない。白衣を着た良をみたときうれしかった、言葉が出ない、陽子姉様も何度か来てくださった。

六月二十九日

朝、となりのカーテンの中、手術の人が入る準備をしているようなので「個室に戻りたい」と伝えてもらう。ＯＫが出てほっとする。個室に戻るだけでこんなにうれしいのだもの、退院のときはどんなかな、一生懸命ベッドで左右を向いたり動いている。順調ということでもある。

痛くて不快だったお尻のドレーンをはずす、一つずつはずれて楽になる。個室に移っている私をみて良が涙ぐんでいらっしゃる、節子も……、その気持ち。

手術台に移って終わりましたよ、と言われるまでは全然わからないなんて、考えると恐ろしい。

腸閉塞

一九八九年（平成元年）

八月五日（土）

また、胃にもたれる感じ。夜になって吐く、こんなに、と思うほどたくさん。ほとんど胃液の感、月曜には病院に行くから——。

八月六日（日）

少し水分をとっては吐き、の、くり返しになってしまい、ぐったり。入院したほうが、と紘君のＴＥＬで。

八月七日（月）

夜も朝も六、七回。一応入院の覚悟、というより、入院しなければ不安という感じで、昨日良がタクシーを頼んでくださった。朝から水分を控えたし、無事に病院着、手続きはすべて良がしてくださる。

Ｘ線の結果、ひとことでいえば、腸閉塞、癒着ということになると切らねば――、と。そして点滴、部屋は西五階五五二号室二人部屋。

良は昼食に、そしてバラとかすみ草を買って来てくださる、ありがとう。この間に私はまた吐く。Ｙ先生が鼻から胃へ管を通してくださるが、苦しいこと。

陽子姉様が早目にいらしてピンクの花かごを。この間兄上（同じ病院に入院していた）にプレゼントして退院したばかりなのに――。

八月八日（火）

朝、座薬、すこしだけ。あまり効果なし、点滴で少しうるおってきたみたい。紘君が来て、体力をつけるために特別の点滴をしましょう——と。

今日も一日ぐったり、良も疲れていらっしゃる。

八月九日（水）

また、X線、車椅子で。結果、管ははずしてもよい、ということで、お昼近くはずすところに良、とても見せられる状態じゃないので外に出ていただく。楽になる、少し安心してくださったと思う。

八月十日（木）

点滴。入院した日は大五本、小二本、おしまいの方は眠ってしまい夜半二時すぎまで。八日、九日は特別二本、小二本、大四本、そして今日は特別二本、小二本、大三本、となる。

落下の速度で夜おそくなる、今日は午前十時半～午後九時半。手術のときよりは少ないけれど、また良に毎日おみやげ（洗濯物）。またやり直しをしているんだ。夜、雷雨。

八月十一日（金）

入院して五日目、やっとひと心地（？）がついたというか、ふつうの私になった。点滴、特一、小二、大二、六時頃までに終わる。

再入院してからいろいろ思うこともあったけれど、これも、なにが――という原因はつかめないし、なるようにしてなったのだから、「あるがまま」に、流れにまかせましょう。ゆっくりと、早く治そう。

今日、良はお昼前にサンドイッチをお弁当に持っていらした。とても疲れていらっしゃる。ムリもない、退院してほっとしたのも束の間、前以上に心配させたのだもの――、私が動けなくて――。

夜、今なら大丈夫、と七時半頃ＴＥＬして、サウナにいらしてよく眠れてすっきりした、とうかがい、私も安心した。

実は、私の午後の血圧が異常に高かったらしい（はっきり言わないけれど一七〇～一九五）。YT先生もいらして、（Y先生が火曜日までお休みなので）その間何か起こったらたいへんと思われたのでしょう。すぐ血圧をさげる薬をのまされた。その後は平常値近くになったみたい。ちょっと年配の看護婦さんだったので「どうしたのかしら、点滴のせい？あ、そうだ、主人がとても疲れているようで心配したからかも」と言ったら、「きっとそうですね、愛情高血圧ですね」って。それで心配しながら眠るより、と思ってTELしたわけです。でシャンプーは中止、明日の楽しみです。

昨夜から流動食、今日と明日は。

手術のあとのように二日ずつ進んでゆく、三分がゆ、五分がゆ……。

日本全国、大渋滞突入。オフィスビルも今日はブラインドが下りている。

ガン、肝臓に転移？

一九九〇年（平成二年）

六月十五日

また入院してしまった。六月七日から――。

朝は気分よく洗濯、その後ベッドへ。朝トーストとミルクティーだけなのに、お昼に全部吐く。やっと電車に乗れる状態で、良に一緒に来ていただき、恵比寿からタクシーでK病院へ。レントゲンの結果、小腸にガス、いちおうパジャマは持って来ていて、そのまま入院。

はじまりと考えられるのは、五月九日、とてもおいしいと思って食べたポークカツで吐き出し、そのときは一過性のものでおさまった。その後、ときどき食欲がなかったりしたが、外出も多く元気に過ごしていた。

エコーは肝臓が少し腫れているみたい。東三〇八号室二人部屋へ、すぐ点滴、これで安心。

昨年の入院と違い、早い手当てで元気回復。むしろ良の方が疲れていらして、このベッドで点滴をしてあげたいくらい。家で心配させて、入院。毎日いらしてくださる上にお食事のことなど、また、なれないことをさせているのだから申し訳ないと思う。私があせらずに早くよくなって帰宅、さるの恩返し？（節子は申年）をします。

十二日のCTでも、肝臓の腫れがあるので十九日（火）に腹部血管造影というレントゲンで精密に調べることになった。

六月十八日

夕方、Y先生、その後、紘君来てくださる、肝臓のことをくわしくきく。これはお腹とは関係なく、そのために早くみつかったのだから、ここで充分治療しておいたほうが良いこと、それは検査の結果で方針が決められること、等。

一九九〇年（平成二年）

七月十六日（月）はれ、蒸し暑い

K病院に入院。良と日比谷線、恵比寿よりタクシー、九時半頃着く。十一時点滴、三時半頃よりB一に（検査、治療へ）。

看護婦さん「今回のこと、どういうふうに聞いてますか?」「かげが?」「深刻になるほうですか?」——私だからよいようなものの——。KOの先生「今日は治療だけですから——」。どうなっているの?

七月十七日（火）はれ

Y先生と紘君、説明にいらっしゃる。限りなく灰色、という表現。日経新聞の記事のとおりなのだ、はっきり言っていただいたほうが現実をみつめられるのに。

でも、そのお気持ちはありがたくいただくことにしましょう。

七月二十一日（土）はれ

今日から夏休み、と気持ちをシャンとさせたのは、はるか昔のことになってしまった。背中の重苦しい痛み、胃の重さ、吐き気、だるさ、微熱から少しずつ解放されはじめた。朝より夜のほうがずっとよくなっている。ようやく良を心から笑顔で迎えられるようになったと思う。申しわけないと思いながら、いちばんわがままが出てしまう。暑い中を毎日、ほんとうにありがとうございます。感謝、感謝です。夏になると私はK病院に避暑。

今日はアルパ（良が入っている会員制クラブ）のTさんからバラの花をお見舞いにいただく。やはりお花はいいな、心が和む。今回の入院も、こんなに長くなるのだったら、初めにお花をおねだりしたかもしれない。ぜいたくばかりいう私。

少しペンをとる気分にもなり、まず、Mさん（仙台時代にお友達になった）とYさん（玉川学園以来の友）に、日経のコピーを入れて手紙を書く。

この上は、ガンと仲良くつき合いながら、楽しくムリしないで長生きします。少なくとも主人よりは――と。

書きながらほとんど正反対といってもよい二人の性格を考えてしまう。Mさんはそのまま受け取ってくださるであろうし、ワンちゃん（Yさん）はとても深刻に受けとめてくださる、という結果になってしまうかも――、二人とも大事な存在です。

カテーテル使い肝ガン破壊

「日本経済新聞・夕刊」一九九〇年六月二十八日発行　医・フロンティア・画像診断⑩

肝臓は腹部で最大の臓器であり、古代メソポタミアでは人間の魂の宿る場所とされたという。この肝臓に出来る肝ガン、正確には肝細胞ガンが一九七五年ごろから日本人の特に男性に増えてきた。

八三年のデータでみると、年間に男性約一万二千人、女性約四千七百人が肝ガンで死亡している。男性では胃ガン、肺ガンに次いで三番目に多いガンとなってしまった。日本人男性での急増の原因はまだよく分かっていないが、重要な事実は肝ガンの八〇―九〇％が肝硬変を合併していることである。おそらく肝硬変をベースに肝ガンが生ずると考えられている。

肝硬変が恐ろしいのは、肝不全、食道静脈瘤《りゅう》の破裂に加えてこの肝ガンが併発するからだ。肝ガンが小さく、また合併している肝硬変があまりひどくない場合は、開腹して外科手術でガンを切除するのが最も確実な治療である。しかし、ガンが進行して大きく広がった場合や肝硬変による肝機能の低下が著しいときは、切除手術後に肝機能が一段と悪化して肝不全の状態で死亡する危険性があって、手術出来ない例が多い。

そこで考案されたのが経カテーテル動脈塞栓術である。これも本来は画像診断手法のひとつである血管撮影の技術を治療に応用したもののひとつである。太ももの動脈から挿入したカテーテル(ポリエチレンの細い管)をエックス線テレビで透視しながらうまく操作して、その先端を肝動脈にまで進め、まず肝臓の血管撮影を行う。

肝ガンに養分を送っている肝動脈の分枝は部分的に異常に肥大して、不規則な固まりに染まってみえる。次にこのカテーテルを通じて抗ガン剤と特殊な油性造影剤の混合液を肝病巣へ向けて注入し、さらにゼラチンスポンジの細片を、肝動脈がすっかり詰まってしまい血流がなくなるまで、次々に血管内に押し込んでやる。

こうすると肝ガンはまず、抗ガン剤の攻撃を受けた後、栄養供給源である血流を絶たれて兵糧攻めにあうことになり、破壊されて小さくなっていく。肝ガンはその血流を一〇〇％肝動脈から得ているが、ガン以外の部分の肝組織は肝動脈から三〇％、門脈という別の血管から七〇％の血流を受けている。従って肝ガンの患者の肝動脈をふさいでしまうと、肝ガンへの栄養供給は一〇〇％止まる。これに対して、それ以外の肝組織は門脈からの七〇％の血流があるため損害は三〇％ですみ、ガンだけが破壊される。

肝動脈、門脈の二重血流支配を持つ肝臓の特色に着眼した巧妙な治療法で、手術不可能な肝ガンにも有効である。細いカテーテルを深く肝動脈まで進める操作や塞栓物質の注入には熟練と高度の技術が必要で、血管撮影手技の訓練を受けた放射線科医が主としてこの治療に当たっている。例えばこの経カテーテル塞栓療法のような診断手技の治療への応用を専門に行う放射線医学の領域をインターベンショナル・ラジオロジー（介入的放射線医学）とよび、最近急速に発展している。

（杏林大学医学部教授・蜂屋順一）

一九九〇年（平成二年九月十七日〜二十六日まで入院）

八月十三日

K病院外来CTの結果、良に一緒に行っていただく、また治療を続けるために、ソケイ部からチューブを入れることになり、九月に入院が決定。

九月十七日

K入院。八時五十七分、日比谷線で、恵比寿からタクシー、駅まで、良送ってくださる。タクシーはすごい行列、十時に着く。十一時点滴、二時すぎ地下に行き、M先生、Y先生が処置してくださる、一時間近くかかった（肝動脈リザーバー留置術）。部屋に戻ると良がいらしてた。五時から外来でY先生が今までの経過をお話しになる。

九月十八日

窓を開けると暑い空気が入ってきて、昼間はエアコン強にする。九時まで安静、点滴前に良にTEL。点滴小一、大一。夜は小一、切ったあとは痛いが他はない、食事は半分くらい。良、いらしてくださる。花かごも——、雀子（麻雀ゲーム）も——持って。

九月二十日

朝からからっと晴れてテニスコートの土ぼこりが舞い上がるほどになる。風は強い。気分は良いが、二時頃ちょっと熱が出る。Y先生がいらっしゃる、来週火曜日抜糸と。良、いらしてくださる、Tさんからの汕頭《スワトウ》のハンカチをおみやげに。

九月二十一日

CTの結果、まったく変化なし。今後、二週間ごとに注射で薬を入れる（外来で）。変化がなしというのは、そこでおさえている効果が出ているということ。初注射は明日、この前のように気分の悪くなることはないと思う。

九月二十二日

二時過ぎ、腹部に注射、薬注入。

九月二十三日

お昼前より頭痛、薬で回復。脱力感、眠って回復、午後は元気。朝食二分の一、昼四分の一、夕二分の一。熱は六度台。三時に良、結婚式の帰りに大きな袋をぶらさげて来てくださる。続いて松田家三人、祐介だいぶ話すようになった、帰るとき車の中から「おばあちゃん、のんの」「じじ、のんの」ですって。できることなら一緒に脱走してしまいたかったけれど——。

九月二十五日

朝、ちょっと背中が痛い感じ。朝からくもり空、とうとう一日降らない。明日から秋の長雨になりそう——。今日も良、そのときは、まだY先生が手術で退院決定してなかった。夕方六時過ぎに先生いらして抜糸、明朝退院に。すぐ良にTEL、喜んでくださるうれしい声。

では明日、ごきげんよう。

姪の死

一九九〇年（平成二年）

十一月二十五日

史ちゃんが、十一月十八日朝四時、ＫＲ病院で亡くなった、ちょうど一週間前のことだ。朝、敦子姉様から「よい知らせじゃないけれど――」とお電話があったときも、まさか史ちゃんとは思わなかった。こんなに早く逝ってしまうなんて……。

恵ちゃん（六年生）、孝行君（中二）を残して。

陽子姉様、公ちゃん（史ちゃんの姉）の胸のうちは、私達に計りしれないものがあることだろう。

「泣くのはおやめなさい、ってお母様にしかられるの」と、公ちゃん。

「おばあちゃまの妹は七歳のときお母さま、九歳のときお父さまを亡くしたけれど、明るく生きて、今は孫もいるのよ。目の見えない人のお手伝いをしているのよ」と恵ちゃんにおっしゃったという陽子姉様。

告別式の翌日のお電話で「火葬って残酷なものね」とおっしゃった言葉のうちに、そのときの悲しみをいたいほど感じる。

兄上達は、私の病気と重ねて私の気持ちを心配してくださるようだが、私は大丈夫。それぞれ病気はちがうと思っているし、私は私なりに生きていかれるから——。

昨年の手術以来、自分の力ではどうすることもできないものに、すべて動かされていると感じられるようになって、——あるがままに——と思うようになった。

史ちゃんの死も、やはりそのまま受けとめなければならない。神様が不公平、とか、あの良い家族がなぜそんな苦しみを受けなければならないのか、というような考え方はできない。

でも、十九日に治療のために注射をしたのも手伝ってか、心身共にくたくたに疲れた一週間だった。

ベッドに倒れこむよう寝こんでしまい、良にも心配させてしまった。

あの日から一週間、どんなに悲しくっても確実にときは過ぎて行く。人は生活して行く。時薬《ときぐすり》が、いつか人の気持ちを少しずつ安らかにしていってくれることを信じたい。

田崎家

（兄）　　　敏行　一九八九年十月九日逝去

（節子の姉）陽子

（長女）平野公子

（次女）鈴木史子　一九九〇年十一月十八日逝去

（三女）渡辺昌子　一九八九年三月五日逝去

肝臓治療

一九九一年（平成三年）

五月二十日

K病院で六月十七日入院と決まる。

Tルポライター、私と同じような治療をしていると、いつか朝日新聞に出ていた。自分がガンであることを公表して執筆活動を続けている――と。亡くなる。

私も、そういうふうに、いつもと変わらない生活を続けたい。

五月二十一日

今日は気分が悪く、ぐずぐずしている。同じマンションのKさん、ご主人お亡くなりになり、二十二日夜、お通夜、二十三日、告別式。大分お悪いと伺っていたけれど、半年あまり入院してらした。

どうも、注射した当日より、翌日のほうが気分が悪い、脱力感。

五月二十二日

朝七時、知子様よりＴＥＬ。戸井兄上、昨夜おそくお亡くなりになり、今日お通夜、二十三日告別式。

良とＫさんの長福寺に行き、私は気分すぐれず帰宅。良は戸井さんの目黒の大円寺へ（幹生は足をいためため欠席）。

五月二十四日

洗濯はするが疲れて午後二時間寝る、買い物は良におねがいする。夕方より気分回復。

私からみれば、お二方とも奥様に充分看とられて逝かれておしあわせだった、と思う。私もなんとか良より元気に長生きして——、元気はムリかもしれないけれど。肝臓にきてしまった、ということは、かなりの覚悟をしていなければならないことのようだ。

私は、自分の命がいつまで、ということは聞きたくない。あと一ヵ月でも、一年でも自分にできる最善のことをする毎日を積み重ねていこうと思うから。したいことはいろいろあるし、幹生の将来、祐介の成長を楽しみたい。

今回のように注射のあと調子が悪いと、ちょっとあせる気分になる。でも、充分休んで少し回復してくると、まだ大丈夫、そして「あるがままに」を忘れてはいけないと自分に言いきかせる、ムリをしないで、時にまかせて。

六月六日

思いたって国立に。祐介おしゃべりして面白い。

六月七日

「エッセ」の読むところ印つけ、読み直しの「しおり」のテープ再度モニター。

六月八日

サントリーホール六時四十五分開演、田中様達と並んで。

六月九日

とても疲れて一日中ブラブラ。

六月十七日

K病院入院、三〇三号室、すきな部屋。十一時CT、一時にB一で注射、気分悪し、少し吐く、点滴三本。良いらしてくださる。

六月十八日

なにもする気分にならず、うとうと眠る。ときどき吐き気、点滴二本。良いらっしゃる。

六月十九日

点滴二本、少しずつ回復、シャワーを浴びたい気分。夕方、Y先生、明日会っていただくことに。

六月二十日

点滴後シャワー、シャンプー、さっぱりする。良、五時にいらして五時半にY先生に会う。肝機能が悪くなっていた、かげは小さくなっては少し成長、はじめより大きくなっている。抗ガン剤にある種のビタミンを入れて注入するが、効果があるかもしれない。週一度の通院生活は過激なことをしないで、今のままに。

たくさん心配させて、お許しください。

六月二十一日

昨日と同じに点滴一本、シャワー、シャンプー。良、三時にいらしてくださる、窓からのぞこうかな、と思ったら入っていらした。代議士秘書の話、「ステラ」等いろいろ持ってきてくださったのにワープロ（良の日記）忘れ。夕方、Y先生、明日退院OK。

六月二十二日
午後退院、良、「のれん」でおさしみを買って来てくださる。やっぱり家は落ち着く。

ひどい腹痛（イレウス、結石？）

一九九一年（平成三年）
九月九日
副作用かお腹がおかしい、K病院に行く。点滴は中止、白血球六千、お腹のレントゲン異常なし、薬をいただく。帰り、渋谷「のれん街」でカステラを買う、これなら食べられそう。下痢六回、気分は悪くないがだるい。
九月十三日〜十八日
昼食後腹痛、夕方、夜とひどくなり、汗びっしょり（暑くないのに）、Tシャツ四〜五回取り替える。十四日　朝二回吐いて、かなり痛みおさまる、だるくてベッドに。十五日今日も一日ベッド、熱っぽい。昼まで丸二日絶食、その後おかゆ二分の一、みそ汁スープのみ、桃少し、気分は悪くない。十七日　明け方、ひどい腹痛、二時間ほどでおさまる。お腹の張る感じ。「やまびこ」（録音奉仕団）には行かれなかった。

九月十九日

明け方、ひどい腹痛、汗で三回Tシャツを替える、涼しいのに——。気分悪く、十一時、紘君に相談、Y先生にTELし入院することになる（良は会社を休んでくださった）。一時過ぎ、良と家を出る、すごい雨の中、東三階三〇二号室窓側、すきな部屋。すぐレントゲン、点滴四本、やはりイレウス、禁飲食。病院に入ってほっとする。良にご心配かけました。いろいろありがとう。良も気をつけて、大事な方ですから。

九月二十日

陽子姉様いらしてくださる。バラとらんの花かご、ガウン、ウエストのドライケーキ。

良が思いがけなく花かごを持って、私の好きな吾亦紅《われもこう》、レースフラワーが入っていてうれしい。

九月二十四日

今日から食事と思っていたのに六日間点滴のみ、こんなこと初めて。Y先生がいらっしゃらないからかな。

九月二十六日

二時頃、昨夜のアローゼンが効いてトイレに、一週間ぶり。T先生に食事を進めていただきたい、と訴える、慎重すぎるみたい。

九月二十七日

今日から三分がゆ、離乳食みたいだが、やっと食事らしい感じ。

九月三十日

良がいらしてくださったのに、痛くて、不愉快な顔、お許しください。明け方三時頃、脂汗の腹痛、左腰から腹、みぞおちに。六時までうとうとしながら我慢する。十時頃からまた痛む、絶食、点滴一本が追加二本（痛み止め入り）。Y先生いらっしゃる、午前、夕方、痛みは尿路結石のようだと――。良の結石のときもこんな風だったのね。

十月一日

朝から大降りの雨。良がいらしてくださったが、今日はにこやかにお迎えできる。昨夜十時頃、痛くて、腰に貼り薬、そのあと痛み止めの注射、夜中は眠れた。朝レントゲン、血液、尿の検査、レントゲンには石は写っていない、イレウスではない、尿に赤血球がまざっていた、肝臓と共にCTで肝、腎臓をみるとのこと。夕方から五分がゆに戻る。

十月二日

なんとさわやかな秋晴れ、私も気分よく今朝は何でもいただきたい気分。十時頃、お隣にKさん入院、挨拶にいらしたのが「やまびこ」の関係者でびっくり。夜、Y先生「肝機能は二割方よくなっている。石は出てしまったとも考えられる。食事はちょっと様子を見て、ふつうに戻し、来週早々にでも退院できるのでは」

あせりませんから――。

十月四日

良に梅干しをお願いする。今日からごはん、ランランラン!! 力もついてくるぞ。お昼前、Y先生「CTの結果は月曜に。点滴終わり、外出もOK」。良と一緒に広尾まで行きチーズの店ヴァランセをみる。松田一家、私の好きな絵本のおみやげ、今個室（隣がいない）なのでみんなでおやつ。祐介は窓から通りをみておにいちゃま（幹生）を待っている。

十月八日

明後日退院OK。肝機能は一段とよくなっている、昨日のCTで肝臓の状態は変わらない。尿管は腫れているが、腎臓もちゃんと機能しているし、このまま様子をみましょう。

明日肝臓の点滴、あさって退院。

十月十日

退院、台風の大雨吹き降りのなか入院、そして今日、晴れの特異日というのに大雨の予報の中で退院。東京オリンピックの澄み渡った青空を思い出す。ミキが生まれた年だった。畑の和ちゃん（甥）が友達と車で立ち寄った、仙台で（今日は体育の日）。

十月十二日

パーマをかけに。六週間も経ったのでさっぱりする、思いきって行ってよかった。少し疲れてお昼寝。

二度目の手術

一九九二年（平成四年）

二月二十三日（日）

明日は手術です。前回と同じに平静な気持ちでいられるのはさいわいです。良の、そして家族の愛に包まれているからと信じています。ありがたいことです。良がかなりお疲れの様子、心配です。なんとか充分お休みになってください。ここにいらっしゃらなくても——、と言ってもムリなのは困ったものですけれど。二、三日したらここに戻っていることと思いますが、どんなことが起こるかはわかりません。

私はいつもしあわせでした。

——今は、ありがとうの言葉だけ——。

三月二日（月）

術後八日目、思いがけなく病室で還暦を迎えました。

由美子からのたより、祐介からのおてがみ。

良、福沢さん、陽子姉様といらしてくださいました。昨日はミキも顔をみせてくれました。たくさんの愛に包まれて、私はしあわせいっぱいです。

今日は、良も少しすっきりしたお顔でほっとしました。どうぞムリをしないで――、といっても、そうさせているのは私ですもの、早くよくなります。

三月十二日（木）

明日の今ごろは家にいるなんて、信じられないくらいうれしいことです。

良にTELしたら、片付けていらっしゃるところですって。そんなことどうでもよいのに――、おるす番させただけでたいへんなのに、これ以上疲れないでください。

入院している間に良はもちろんのこと、お姉様、お友達からたくさんの愛をいただきました。「ありがとう」でいっぱいです。

帰ったら――、そう、普通の生活ができるように、けっしてムリをしないで。

今回の入院でまたおもしろい出会いがありました。一回の入院で三回も部屋を替わったのは初めて。三一二号室（六人部屋）、三一三号室（二人部屋）、三一〇号室（二人部屋）。

六人部屋（二月十八日～二十二日）は、あまり良い雰囲気ではなかった。無干渉とは違う、だんまり。挨拶はするけど――、それを打ち破る力は私にはなかった、四日間。

二月二十二日の午後、三二三号室にお引っ越し、ほっとする。良のお誕生日三、一、三（三月十三日生まれ）だもの、よいはず――。ところが、翌日朝、緊急で入っていらした八十三歳のおばあちゃま、夜になってから「私は娘の代わりに入れられている」「病気でもないのに……」とブツブツ大騒ぎ、看護婦さんがゴメンナサイ、ゴメンナサイと三〇七号室にお引っ越し。

それから二晩、流産の方、静かに入院。

三月六日

Nさん、二十代半ばかな――、まさに現代娘、日曜にはだまって抜け出して美容院へ、翌日は外出したものの七時半頃まで帰らない。看護婦さんはオカンムリ。ケイタイ電話持参、時間外の面会も気にとめず――。ところが憎めないかわいらしいところがあって、その後、部屋が替わってから訪ねてくれたり、フルーツをさし入れてくれたり。で、『フロックスは私の目』（福沢さんの著書）を退院のときあげました。

三月十日

午後に三一〇号室に移る。三一三号室は小児病棟にいちばん近く子供の声がうるさいから、ここはベビーの部屋にする、という話でした。

十回目の入院（腎臓治療）、発熱

一九九二年（平成四年）

三月に退院以来、ときどき午後になると発熱、入院前は十日も続き五月十五日に入院、原因は腎臓らしい。やはり熱の続くのは消耗するのか、やっと今日（五月二十七日）になって書いておく気になった。その間、ひとみ会のしおり、名簿、『盲導犬フロックスの足跡』（福沢さんの著書）の訂正と、まさか入院になるとは思わず引き受けていたのも、整理して、Mさん、Kさん（ひとみ会の方）、福沢さんに連絡。

今、これをしなければ、というのをすべて捨てることにした。NHKの文章教室、基礎、続基礎、短歌も残っているが、期日に間に合わせようとあせらずに自習することにした。手紙もT、M、S、Y様に書きたいが、これも、すっと書けるまでお預け。私、書き始めれば早いもの。

退院から入院（三月十三日～五月十五日）までの二カ月の間で、ほんとうに元気になれた日はなかったみたい。そのまま入院だから、またまた良の負担になる。だんだん疲れていらっしゃるのがわかるし、どうすればこれを乗りきれるかな、と考える。

基本の献立を考える。そうだ『ひとり暮らしの生活術』（婦人之友社）という本があった、若向きだけれど参考になるかもしれない。あとは、アルパ（会員制クラブ）などでの気分転換、でもここにいらっしゃればその分疲れるし——。なにより、私の体が元通り、とはいかなくてもふつうに良くなることが第一の課題だ。

五月二十三日

松田一家、祐介はとてもお兄さんらしくなったし、健次はムッチリと肥って丈夫そう。私の黒い指をにぎらせるとギュッとにぎる、ウィーンとお話もする。良も間に合ってよかった。

五月二十四日

十時頃「来ちゃった」と言ってミキがひょっこり来てびっくりさせる。「こんなに早く」と一応言ったけれども、点滴も終わっていたし、それよりもうれしい気持ちのほうが大きかった。

Tさん（三一三号室でお隣のベッドの方）、五月十四日〜五月二十四日（退院）、――お母様がみじかい時間にぺらぺらといろいろおしゃべりしたが、私が聞いたとは彼女思っていない――。お互いに病気のことをちょっと話して、私が「こうなってしまったからには最も良いと思う方法で病気と上手につきあっていこう、と思う。なぜ、なぜ、と考えても、先のことを考えても、よくなる緒《いとぐち》が見出せるわけではないから。できなくなったことを追わないで、今できることをしていく」というような話をしたことを、そのままにわかってくださったみたい、共感をもって――。

『盲導犬フロックスの足跡』の訂正の話から、ラブラドールを飼いたいと――。福沢さんがいらしたので紹介した。そして『フロックスは私の目』（福沢さん著）をさしあげる。入院して、何人の方に『フロックスは私の目』をあげたかしら、そして印象に残る出会いがどれほどあったかしら。入院も捨てたものではないぞ。

最後の入院

一九九二年（**平成四年**）
七月六日（月）
治療入院、良、送ってくださり、帰りにまた。三〇二号室廊下側。一日中『氷点』（三浦綾子著）を読む。

七月七日（火）

肝治療、一日中平熱。副作用は大丈夫、そしてずーっと、どうぞ。

七月八日（水）

正君（由美子の主人）バースデー、昨日K（アメリカ在住の玉川時代の親友）からTELとのこと。一日中あまり気分すぐれず、点滴「吐き気止め」のみ。吐き気少しあり、午後頭痛（薬で治る）。

七月九日（木）

気分すぐれず、食欲もなし、熱は七〜七度二分。熱は肝臓から、細く長く安静にと。

七月十三日（月）

黄だんがかなりひどい。十時頃、急に三一〇号室へ引っ越し。

点滴中、接続（腎カテの袋）がはずれておもらし。福沢さんいらっしゃる。ナッキー

（盲導犬）夕食。カテーテルをはずす、すっきりした。

七月十四日（火）

白目が黄目になってしまった、肌も黄色人種。紘君二度来てくださる。肝不全についてきく。急な変化に気をつけなくてはいけないと——。Sさん、フルーツ、いなり、のり巻を、メロン美味しかった。夜中抜いたところからお小水がしみ出してきて、夜半十二時、二時半、四時、ナースコール、ぐっしょりでとりかえる、その後三時間おきくらいに交換。

七月十五日（水）

夜中に鬼姥になって、残っていたいなり一ケ、バナナをいただく。昨夜は一時、六時と、わりにガーゼはぬれなかったが、昼間はやはり三時間おきくらい。K先生が、下によく流れないと圧力が出てくる、もしかするともう一度カテーテルを、と。一日中七度、体だるくシャワーをやめてシャンプーと清拭。

良、やっぱり新しいシャツはすてきよ。

七月十六日（木）

Y先生いらしてビリルビン十二が十一に、十を超えている間は要注意。二時、K先生いらしてカテーテルを入れる、外来に行ったができなくてB一で透視しながら局部麻酔で、痛かった。

そのため、良、一時間もジャンコ（麻雀ゲーム）と遊ばせてしまう。今日は気分良く、夜、一階にTELに行く。Iさん（ひとみ会の全盲の方）昨日入院、透析を始めたとのこと、心配。福沢さんより伺う。祈るのみ。伊保子ちゃん（甥のお嫁さん）来てくださる。

七月十七日（金）

良、隆兄（節子のすぐ上の兄）から自宅に送っていただいたメロンを持って来てくださる。公子ちゃん（姪）お花と軽井沢の野菜を持って来てくださる。隆兄がお花を、紘君スープを持って来てくださる。

気分良く、午前中点滴の後シャワー、一週間ぶり。

七月十九日（日）

ビリルビン五に下がるまでいてほしい、と紘君。長期戦かな、六〜七度、あいかわらず、だるくてかゆい。

梅雨明けかと思うような青空が広がる、外はかなり暑い。

良、メロン美味しかった。夜、福沢さんにＴＥＬ（Ｉさんのことが気になって）。

七月二十日（月）

ビリルビン十三になる。またポータブルの袋（小）に変え、行動が自由になる。食欲もあり、朝二分の一、昼二分の一、夜四分の三、一日中六度台で気分良し。

七月二十一日（火）

朝、紘君が来た。二時過ぎ良と一緒にＹ先生から黄だんについてのお話を伺う。あと二

〜三週間？

左腎から出る量が少なくなったみたい。今日も六度台の熱、気分良し、かゆみのみ。

七月二十二日（水）

良、コーラスの前にお花といらしてくださる（コーラスのIさんのご主人、ひとみ会のMさんの後輩だったんですって）。

熱、六度台、かゆみのみ。

七月二十三日（木）

エコーのため昼食ぬき、あとでぶどう、オレンジゼリーをいただく。シャワーはタイミング悪くパス。六度台、気分よし、かゆみのみ。

エコーから帰るとワンちゃん（女学校時代の親友）が犬のぬいぐるみと、Iちゃんのご主人、胃の外側のガン、よくないとか——。

朝、紘君、良、三時近くに。夕方伊保子ちゃんがゼリーとスープをもってきてくださる。

七月二十五日（土）

七度〜七度二分、だるい、かゆい、ときどきぐったり、ヘモグロビン九〜六十三になる、月曜から輸血。

良のワープロ（日記）の「しあわせ」（別記）のところ何回も読みました。考えようによっては、私、大きな不幸のもとになっているのに——、お互いに「しあわせ」と心から思えるなんて最高、ありがとう。

●良の日記の一部

一九九二年（平成四年）
七月二十四日（金）晴

眠る前に少し考えていました。幸せってなにかな、Yさんのことが頭にあったのでしょう。幸せは空から降ってくるものではないですよね、幸せと思えば幸せになるし、不幸だと思えば不幸になるのではないかしら。今の僕達だって病気の妻を持つ不幸な男、甲斐性もなく、肩書もなく、気難しい金のない男と一緒になった不幸な妻、こんなことを毎日考えて暮らしたとすると、今の不幸が倍加され、世界中で一番不幸な人間ができあがってしまいます。僕は大好きな節子と結婚したのですもの、最高に幸せにならなければ、そして節子にもそうなってほしい、そう思って毎日を過ごしていま す。これが僕を幸せな、世界一幸せな男にしているのでしょう。節子有り難う、どう考えてもそこに節子がいるからそんなことが言えるのでしょう。何か「信仰」に似ていますね、まず信ずることです、とか、まず念仏を繰り返し唱えなさい、とか、ただそこに大好きなキリスト様、お釈迦様、アラーの神、等々がいないで「節子」という山の神がいただけかもしれません。何か支離滅裂なことを考えていたのでよく眠れるかもしれません。

今日はこれで終わりました。明日も良い日でありますように。節子を全身で感じながら休みます、お休みなさい。

七月二十六日（日）

六度七分〜七度四分（お昼頃）、そしてまた下がる。そのときはだるい。左腎の働きが活発になり、上から少ししみだす。朝二分の一、夕一食べる。

良、またちょっと疲れぎみ、バルセロナの録画（？）のせいかな、（節子に見せるべく録画した開会式のこと）。松田一家（娘一家）、陽子姉様来てくださる。

七月二十七日（月）

点滴十一時より、続いて輸血二百ｃｃ、三日間続ける。ポータブルの袋、元と同じにする。Ｙ先生、少し長く考えてくださいとのこと、この夏はＫ別荘。熱は六度台、気分良し、かゆい、シャワーを浴びる。輸血は五時過ぎまで。良、会社の帰りに。ワープロ二時間、Ｋ病院往復二時間他、一日の五分の一私のために。福沢さんにＴＥＬ、Ｉさんのお見舞いにＫさんといらしたので。

七月二十八日（火）

点滴十一時より、輸血、今日は二時半頃終わる。かゆい、元気、シャワーも。良、午前中、区役所にいらしたせいかずいぶんお疲れの感じ。Ｍさん（仙台時代よりのお友達）と、どうしてお話しすることがいっぱいあるのかしら――。Ｓさん、青森の最中、ようかん、をお土産に持って来てくださる。

七月二十九日（水）

点滴十一時、輸血に時間がかかり三時半まで。シャワーも。陽子姉様、続いて良。米子姉様、ご心配とのこと、久しぶりにＴＥＬ。

七月三十一日（金）

六度七分～六度九分～六度四分、熱が下がればだるさもなし、かゆい。朝食を抜きお腹を休ませる。梅、お茶のみ、昼、夜、ともにごく少量、お茶とお菓子、おさまる。良、猛暑の中をありがとう。良と初めて会った日です、一九五八年七月三十一日、二人は日活ホテルのロビーで。

一九九二年（平成四年）

八月一日（土）

熱六度四分、今日も楽な一日、かゆみのみ。食事、朝、昼二分の一、夕一。

八月二日（日）

六度四分〜七度二分、熱が出るとだるい、かゆみ。食事、朝二分の一のみ、夕食抜く。啓兄、自作のミニトマト、ししとうを持って来てくださる。良に松田母上からいただいたマグカップを家から持って来ていただく（夢にみてしまったので）。どうも腸が敏感のくせがついたみたい。急に涼しくなる。

八月三日（月）

点滴。夕方紘君、病気のことについて話す。「山の稜線を辿っているようなもの、心身のバランスがうまくいっている。でも、肝臓の二分の一はすでに傷んでいる、治療と共にそろりそろりとすすむだけ。あとどのくらい、とはなんともいえない。婦長さんがこんなに精神的に安定している人はいないとか――」

八月四日（火）

一晩中お腹がおかしく、吐き気も。朝七度二分（九時）、七度七分〜六度三分、それなりにだるい。食事は朝、昼食はとらない、夕食ごく少し、スープ、サブレ。S様、コージーコーナーのフルーツケーキいただく（ぐったりで、ほとんどムダにしてしまう）。

八月七日（金）

一日中平熱、食事、朝三分の一、夕一、シャンプーも。

昨晩はとてもかゆくて細切れに眠ったせいか、点滴の間、熟睡。その後、本を読んでもすぐ眠る。

大分、ガン転移のことで良を悩ませたみたい、まあ今までどおりやっていきましょう。

同じマンションのI様、巨峰のお見舞い（自宅に）。午後、厚生君（甥で医師）来てくださる。夜、久しぶりに福沢さんにTEL、今の状態を話す。

八月八日（土）

四時過ぎ、とても気分悪く、陽子姉様帰られてすぐ吐く、お昼のものを。その後も食欲なし。熱は六度台。

八月九日（日）

熱六度台、今日も吐き気があるが四分の一ぐらいずつ食べる、厚生ちゃん午前中に。松田一家、今日も、個室なのでここで健ちゃん、ずっと私のひざの中、かわいい、本当に元気をもらったみたい、祐介君とも握手、良は少し早くお帰りになる。

八月十日（月）

だるくて、つらい一日だった、目を閉じていたい一日。泌尿器科の外来で、カテーテル取り換え（透視しながら、圧痛）。三時過ぎ少し吐く。

朝、ヨーグルト、パン二分の一、昼、ヨーグルトのみ、夕、味噌汁にごはん一くち。良もミキもMさん、いちばん話したかったのに残念。ミキは良と綱島の寿司屋さんで食事、綱島泊まり。

八月十一日（火）

食欲なし。熱は六度二分。

良、ミキ、Y先生のお話を聞くため三時過ぎに、お話は四時半頃からになった、同じことを先生から私に話してくださるとのこと。

八月十二日（水）

Y先生よりお話を伺う。ビリルビンは二十、黄だんがひどくなると意識がもうろうとすることがあるとか——。

良のペースメーカー入れ替えは十月に決まるとのこと、付き添いなしでも大丈夫とのこと、でも、私かミキが——。夜、福沢さんにTEL。

八月十三日（木）

熱は六度台、午前二時吐き気、いよいよきたかな、と思うほど一日うとうとするが大丈夫そう。食事朝二分の一、昼四分の一、夕六分の一。

今日は綱島に全員集合、夏休み。八時過ぎTEL、祐介の声をきく。陽子姉様バラをもって来てくださる。アローゼン効き、また下痢まで。

八月十四日（金）

熱六度四分〜七度一分、お腹が張る。良も昨日はたいへんだったけれど、みんな良く食べ、飲み、楽しかった様子。

八月十五日（土）

熱六度五分、七度四分から六分、腸の動きよくする薬が増える。

左一千ｃｃ、右ほとんど出ない。食事、朝二分の一、昼四分の一、夕三分の一。

由美子一家、良も——、健ちゃん、祐君と写真をとる（これが最後の写真）。祐君「すごい、お化粧」と言われる、正直。

八月十六日（日）

熱、六度八分〜七度三分、だるい、熱と共に食事昨日と同じ。

良、ミキ、陽子姉様（ネグリジェ、ショーツ）、Ｓさん（みすずあめ）。

私も同じ月を見ています。今日で六週間。

八月十七日（月）

（このへんから節子の文も少なくなり、字もおかしくなってきました――注記）

熱七度一～八度、右からはほとんど出ない、お腹が張って苦しくてメンターシップ。

今日からみんな仕事、駒井さんチューリップを持って。良も。

座薬、ポータブルをおいてもらう、四時から一時間立ったり座ったり。

八月十八日（火）

熱六度四分～七度三分、食欲なし。良、陽子姉様（バラ）来てくださる。

八月二十日（木）

隆兄、お花とメロン、両方の孫の写真で、カワイイ、カワイイ、と。

八月二十一日（金）
この間、熱とだるさ、で書けなかった。

八月二十二日（土）
田中様よりローズギャラリーのバラ。

八月二十三日（日）
松田一家、ミキ、家族全員集まった、しあわせ。

八月二十四日（月）
ムリをしないことにしたので、気は楽に。

八月二十五日（火）
良、ありがとう。

正さん、由美、ミキも家族に会うのがいちばんのよろこび。

ここで節子の日記は終わっていました。
そして九月一日より意識不明に……。

あるがままに

与えられた苦しみを、
ひとつひとつのりこえていくのが、
私の「あるがままに」なのです。

1973年正月　家族（由美子中学入学用）

むかしのこと

（一九八九年八月二十四日）K病院にて、日記より

良が、バスに聖心の生徒がいっぱい乗って来て、明学の頃のことを思い出していらした。そして私が昔のことを話さない、ともおっしゃった。

私は二十六歳で良にめぐりあい、結婚して、そのときから、というより、それから少しずつかわったのです。かわったというよりも、うまく言い表せないけれど、ほんとうの元の私になったと言えばよいのかしら。この人とだったら、そういうふうになれる、と思ったとおり、良は私をそのまま受け入れてくださって、良い方に向けてくださったのです。それは、やはり両親が幼い私に与えてくださった力が大きかったと思いますし、いろいろなことがあっても、兄姉たちも私のことを考えていてくれたからだと思います。でも、みんな若かったたし、今さら——、ということもあるし、私も不良になりきれないところもあ

ったし、どうぞ、今の節子を、もっと努力しようと思っている私をみていてください。

あるがままに

あなたは何のために生きているの？　人間は死んだらどうなるの？　天国と地獄ってほんとうにあるの？　霊とは？　信仰とは？

若い頃には、その答えをみつけようとしてずいぶん考え、悩んだものでした。なかば強制されて公教要理の勉強に通ったりもしたけれど、ますますわからなくなるばかりで、熱い信仰をもつ人を羨ましくも思ったものでした。その後、結婚、子育てと、かなり長い間考えないわけではなかったけれど、日常の生活に流されるまま平穏に生きてきました。

そして、今、いつのまにか私なりの答えが生まれ、とても落ち着いた気持ちで日々が過ごせるようになりました。正しい、とか、まちがっているという答えではなく、年を重ねるうちにやっとたどりついた……ということなのでしょう。

信仰、それが何かを信じ祈ることであったら、私はこの大きな、大きな宇宙、ある法則によってそれを動かしている不思議な力に祈ることでしょう。キリスト教も仏教もそれぞれの考え方は違っていても真理はひとつ、その基が大宇宙の力だと思うのです。それが「神」ではないかと。

死後の世界、霊、転生、よみがえりについては「わからない」というのがいちばん素直な気持ちです。だれもみることのできない世界をみなくても信じられる人、体験して信じられる人もいるけれど、私は「信じられない気持ち」も含めて、やはり「わからない」としか言うことができません。

何のために生きている？　ひとことで言えば「生かされているから」……。ほんとうは「愛する人のために」とか、「私を必要としている人のために」と言いたいところだし、それを希っているけれど、もしそういう人が一人もいなかったとしても私が生きているとしたら、根本的にはやっぱり「生かされているから」でしょう。この世に生まれてきて「生きている」ということに意義がなければ、なんとむなしい日々でしょう。

いつの頃からか私の信条となった「あるがままに」。これはヨーガによる仏教の思想が大きく影響しているし、子供の頃からなんとなく受けたキリスト教のおしえ「みこころのままに」に通ずるところがあると思います。大きな宇宙の「ある力」によってその中にある私、その小さな私の前途に大きな試練が待っていたとしても、それをそのまま受け入れて限りあるときまで歩んでいきたい。私の力で耐えられないほどの苦しみは与えられない、逆に言えば与えられた苦しみは、必ずひとつひとつのりこえていかなければならない。それが私の「あるがままに」なのです。

こういう考え方ができるようになって、とても平静なしあわせな毎日です。「しあわせ」というのはそれぞれの人の心の中にあるものだと思います。悪いほうに考えればいくらでも「ふしあわせ」になることができますし、本当に悪いことが重なっていても、自分で「しあわせ」に転換していくこともできると思います。私は毎日を大切に、精いっぱい楽しく生きていきます。

といっても、さまざまな人と出会う日常生活のなかで、心も体も思いがけない他からの影響を受けます。とくに、このごろ心が体に及ぼす影響が大きいことを体験して、これをコントロールしていくのが今の私にとっての課題です。

私の場合、ある人が私に意地悪をするとか、いやなことを言うというのではなく、ほとんどの場合はその人の性格的なものから発するもの、つまり、私の力ではどうすることもできない部分で傷つけられ、胃が痛くなったり、とても疲れたりするということがわかりました。その人自身のもっているものだから、私の係われないところに相手が有るのです。

それで、自分の気持ちの持ち方を変えることにしました。相手をそのまま受け入れて、しかしそれに流されずに「この人はこういう人なのだ、私が私であるように」と思うことにしました。相手を責めることは自分を責めることでもあったのです。それに私自身も気がつかないところで、だれかに相いれない思いをさせているかもしれない、と思ったら、とても、自分以外の人を責めることはできません。

自分の気持ちひとつで、世の中は開かれていくことがある、ということを心に留めて、一日一日をたいせつに生きていきます。

思いがけない昨年の病気、今回の入院も「あれが原因だった、こういうふうにすればよかったのに」ということのないのが救いになっています。これも与えられた休養のときと思います。

それにしては、まわりに及ぼす影響が大きくて申しわけなく思います。ことに、良には、私の気持ちを表せる感謝の言葉がみつかりません。これからは、もっともっとやさしくしたい、二人とも健康に注意して、長い道を一緒にいつまでも歩んでいきたい、と。

一九九〇年六月十六日

めぐりあい

どうして朗読ボランティアをするようになったの？　目の不自由な人とつきあうの？

ウーン――、なんとなく、本を読むのが好きだったから――、いつのまにか――、あまりきちんと話すのは、ちょっと、てれてしまうし、うそっぽくなるみたいで、ほとんどの場合そんな答えですませてきました。

その原点は、父の書斎にあったようです。小一で母を、小三で父を亡くした私は、もともと内気でちょっと陰気な子だったのがいっそう内にこもり、父の書斎でシェークスピアから『当世書生気質』まで、あまり意味もわからないのにルビを頼りに読みふけりました。兄達からおゆずりの『赤い鳥』など、子供の本もたくさんありました。もちろん、お友達と原っぱに遊びにいくことだってありましたけれど、玉川学園に通うようになっても、よく図書館に入りびたっていました。

いつの頃からか、自分でもはっきりわからないのですが、「私には本の中にこんなにたくさんの、なぐさめ、があるのに、目の不自由な人にはそれがない。そのためには点字で本を読まなければならない。いつか私も点字を習ってその助けになろう」と思うようになりました。

長い間ひそんでいた思いながら、点字はいかにも難しそうなのと、その方法（習得）がわからないまま、日常生活に流されて何年も過ごしてしまいました。

そのうちに、点字よりも私はテープにと考えるようになったきっかけが生まれました。それは、仙台に転勤した一九六一年頃のことです。電話帳からさがしだしてマッサージを頼むとWさんという全盲の方が来ました。今考えると、ほんとうに恥ずかしいのですが、このときは正直のところ、とても驚きました。なにしろ、全盲の方と相対したのは初めてだったので、お茶を出すときはどうすればよいのかしら? お金を渡すときは? とひとつひとつ考えました。

あんなに点字、点字と思っていたのに、それは頭の中でのことで、見えない人のことなどなにも考えていなかったのです。

何回か来てもらううちに、すっかりうちとけて、「奥さんも仕事をしていること、家事はおばあちゃんがしていること、子供には、見えない両親で字も覚えさせられないので、アルバイトの女の子に遊んでもらっていること」など、その生活も話題になりました。また、カナタイプを買うのにどんな機種がよいか、という相談まで受けました。で私も、いつか点字を習いたいと思っていることを話しました。

「奥さんは言葉がきれいだからテープをやってくださいよ。私も日本点字図書館から送ってもらって聴いています」と言われました。

その頃はまだオープンリールの時代でした。そして「言葉がきれい」というのは、ただ、仙台における私の共通語のことで、これがいまだ続く苦労(声の質)になるとは夢にも思わず、「まだずーっと先のことだけれど、きっとテープに入れるようになるわ」と約束したものでした。

それから、また十年近く経ってタイプの仕事を始めたとき、ほとんど最初といってよい仕事が「ひとみ会のあゆみ　十五周年記念号」でした。Wさんに出会ったときのことを思い出し、一語一語うなずくような思いでタイプを打ったのに、それにはひとみ会の所在地がなく、連絡をとることができませんでした。実は「福沢美和」というお名前から、もしやと思い電話帳からさがし出してお手紙を出したのですが、それは、しばらくして宛名人不明で返ってきてしまいました。縁がなかったのだとがっかりしたものでした。

それからまた数年、一九七八年に横浜に朝日カルチャーセンターが開講し「朗読ボランティア」のクラスがあるのをみつけ、さっそく申し込みました。四月から十月までの半年間、念願かなっての勉強で楽しかった、といいたいのですが、私と同じ姓の黒一点が目立つ存在で、あまり居心地はよくありませんでした。と思うのは、私が自意識過剰だったのかもしれません。あれから十年経った今ならば上手に対処できたような気もします。一期生はそれなりの意識をもっている人が多かったのか、現在、ライトセンターや、やまびこで中心的存在で活躍しています。

朝日カルチャーセンターでは基礎的な勉強をするだけで、活動しようと思う人は各自行き先をみつけなければなりません。友人と、一九八一年桜木町にオープンする健康福祉センタービル内にある録音ボランティアの勉強会の仲間に入れていただきました（虹の会）。それが現在の、やまびこ、の基になったグループです。そして、ここであきらめていた、ひとみ会、にふたたびめぐり合うことができたのです。

勉強会の講師としてライトセンターからいらした門脇先生が「福沢美和さんとひとみ会」のことをお話しになったのです。「ずいぶん前から、暮らしの手帖社の『すてきなあなたに』を読む約束をしながら、まだ果たせずにいます。どなたか読んでくださいませんか」ともおっしゃいました。私は名のりをあげ「ひとみ会のあゆみ」をタイプしたこともお話ししました。『すてきなあなたに』は、たどたどしいものながら、私の朗読ボランティアの初仕事になりました。

今の生活の中で、「ひとみ会」と「やまびこ」は切りはなせない存在で、大きな張りあいにもなっています。あえて生きがい、とはいいません。あれもこれも全部含めての生活が私の生きがいだ、と思うからです。

私が朗読ボランティアになったことを考えただけでも、人の世の織りなすめぐり合わせの不思議を感じます。希いはいつかかなえられるということも。

長いブランクのあと今年初めに読んだ『十五年戦争と天皇』のモニターをお願いした土本さんから、「七年前初めて勉強会に出席したとき、伊澤さんの読むのを聞いて、いつかあんなふうに――と思った」と伺ったとき、今度は私が初心にかえってやりなおそう、という勇気が与えられました。

「テープに」と思ってからもう三十年の月日が流れました。「やまびこ」、のメンバーになってそろそろ十年、いろいろなことがあって、実際に活動して二年生くらいかしら。でも、必要としている人がいて、私も楽しみながらできるのだったら、やっぱり続けていこうと、そして少しずつでも向上していこうと思います。

一九九〇年六月十八日

「生命の使い方」

「時間の使い方は生命の使い方である」という羽仁もと子女史の言葉が私は大好きです。この世に生まれたときから、だれにでも公平に与えられる唯一のもの、時間。お金持ちも貧しい人も、才能のある人もふつうの人も、みんな、自分の時間を使いながら生きているのです。それは、どんなにゆずってあげたいと思ってもだれにもあげることもできないし、だれからももらうこともできない、その人だけのものです。

今の一刻はふたたびめぐってくることはなく、過ぎ去っていくばかりです。なんと貴重な、いとおしい、ひとときなのでしょう。

だれにもあげることもできない、と申しましたが、このたいせつなものを、自分以外の人のために使うことができたら、それは何ものにもかえがたい最高の贈りものだと思います。

私達は自然に深く考えずに、家族のために、友人のために、その贈りものを続けています。そして、たくさんいただいてもいます。それを一歩すすめて、社会のために時間を使うのがボランティアなのでしょう。自分の意のあるところでそれができれば、すてきなことだと思います。

与えられた時間を有効に使うのは、けっしてあくせくと働き、頭を使うばかりではないということを、最近つくづく感じています。流れる雲をなにも考えずに眺めること、頭をからっぽにして座を組むことなどは、次にくる「とき」をより充実させてくれます。

もし、体が動かなくなり何もできなくなったら――、それでも、ある人のしあわせを希うために、自分の「とき」を使うことはできるでしょう。そうありたいと思います。

一九九〇年六月十八日

尊厳死のために

最近、印象に残る二つの死の形をみた。

元駐日大使ライシャワー氏が生命維持装置を外してもらい、家族にも別れを告げ、最期に臨んだことと、写真家の土門拳氏が脳溢血で三度目に倒れ、十一年間意識不明のまま亡くなったこと。

そして遡れば江守伯父夫妻（伊澤の母の兄）の覚悟の自死、これは一般には認められないけれど、みごとなピリオド。でも残される人達のことを思うと私達にあてはめることはできないし、万一の失敗を恐れる。

理想的な死の形といえば、結核の人がそうであるというが、自分の最期を知り「みなさま、ありがとう」と言って目を閉じることだろう。

たぶん、現代の現実はそうはいかないことだろう。

私が一生懸命「仲よくおつきあいしていきましょう」と呼びかけていても、私の体の中で「いえ、いえ、そういうわけにはいきません」とガンがのさばりはじめて、手がつけられなくなったら――、その心配ばかりしていると思わぬ方向から交通事故や脳溢血が襲ってくるかもしれない。

いずれにしても、意識不明で植物人間になりそうなとき、どんな治療もただ延命につながるのみとなったとき、人工的に栄養も送らず、呼吸装置もつけず治療を中止してほしい。これは私の意思で、いわゆる尊厳死のためにきちんと書いておかなければならないと思っている。

私は、自分が意識がなく感情がなくなれば苦痛はないのだから――という考えにはどうしてもなれない。自分の知らないところで自分が生きている、あるいは生かされているというのは耐えられない。

それよりも自他共に困るのは、老人性痴呆症にでもなって体は大丈夫というときでしょう。

これだけはどうすることもできない。何とかそうならないように、今日の一日を体を使い頭を使い、それを明日に続けていく努力しかないと思う。

いつかは必ず迎えなければならないのなら、ライシャワー氏のような最期でありたいと希っている。

一九九〇年七月二十一日

実感・私の戒老録

●なにごとも前向きの姿勢で努力しよう。けっして「どうせ治らないから」とか「寝たきりになってもいい」などという言葉を使わないこと。まず気持ちをしっかり、明るく、むずかしいけど、それでなければ体はついてこない。

●甘えていては後退のみ、できることは自分でしよう。とくに家族には甘えが出る。つい、いやみの言葉も言いたくなる、気をつけよう。いちばん心配しているのは家族なのだから。はっきり言って、きらわれたらおしまい。

●だれにでも感謝の言葉を忘れずに。
「ありがとう」は社会生活の潤滑油です。
●年とともに弱くなったところは素直に認めよう。
耳が遠くなったこと、目が見えにくいこと、いびきが大きいかもしれないことなど、ひとこと、ことわっておけば誤解されずにすむ。
●いつも身ぎれいに、清潔に心がけよう。
なによりも他人に不快感を与えないこと。一歩進んで、あんな風でありたいな、と思われるように。

これは、今年の夏二回入院して感じたこと。東三階の婦人病棟なので、おとなりのベッドも含めて御老人が多く、その人の今までの生活のありようが見えるような気がしたものだ。さて、私は?

一九九〇年七月二十三日

流れ

三浦綾子の『海嶺』を読み終わり、イザベラ・L・バードの『日本奥地紀行』を読みはじめました。

この二つの話の間には五十年ほどしか経っていないのですね。日本の激動の時代とはいえ、日本人さえ上陸させなかった国が、外国の女性の国内旅行を許すまでになった変化に驚きました。

まだ読み始めたばかりですが、自国と全く風俗習慣の違うところを一人旅するイザベラ・バードの勇気にも感心します。でも、本人は健康回復の手段としての旅ですから、私達のように大げさに考えていないのかもしれませんね。私だったら考えるだけで（その時代だったら）病気になってしまいそうです。

現代でも五十年というのは自分の見てきた五十年だからさほど感じなくても、やはり、五十年分の時代が流れているわけですし、いつか、良と「子供の頃あって、今ないもの」「今使っていて、子供の頃なかったもの」を書き出して驚いてましたけれど、当然のことだと気がつきました。

あと五十年、祐介が五十歳になる頃までに、どんな時代が流れていくのでしょう。戦争だけはないように――。

祐介たちが昨日帰るとき、車に乗って「おばあちゃん、のんの」「じいじ、のんの」と言ったとき、ほんとに、そのまま一緒に乗って行きたいくらい可愛かったですね。きっと松田のおじいちゃま、おばあちゃまにも、たくさんこういう思いをさせてあげてるんだな、とうれしくなりました。

この頃の私はだいぶん以前の私と違ってきたみたい。前だったら、たぶん「おばあちゃん」と呼ばれるのをいやがったかもしれないと思います。今そういうことにこだわらなくなりました。これも時代がひとつ移ったということでしょうか。それとも世間を見る目が広くなったと思ってもよいのでしょうか。私自身はちょっとへんくつなところがあるから、なかなか変われませんけれど、周囲に対して自分と同じことを要求しなくなったと、内心思っているのですけれど――。

大部屋だって入ってしまえば、なんとか合わせていかれるのではないか、それとも「ちょっと変わった人」とみられるか、だいたい入る前に意識するようでは、まだダメですね。

昨日、由美子が本の間にはさまっていた「幹生が五歳になったときの、武庫川幼稚園の先生からのバースデーカード」を持ってきてくれました。

幹生は幼稚園に入って一～二カ月、みんなが空箱など使って何かを作るとき、窓から外を眺めている子でした。先生からそのことを伺ったときはほんとうにびっくりしました。家ではお姉ちゃまとも遊ぶし、ふつうの子だったのでこれは問題児、と思ってしまいました。でも、やさしい、これも先生一年生という、Y先生が好きでした。初めて作ったビールの王冠にわりばしを通した刀はいまだにとってあります。先生も私もとてもうれしかったのです。

今振り返れば、子供たちをもう少しのびのびと育てられたらよかったのに、どうしてあんなにやかましく言ったのかな、と思うことがあります。どこの親もそうかもしれませんけれど——そしてくり返していくのかも——。
でも、今の由美子、幹生をみていると、あれでよかったのだとも思います。二人ともいい子ですもの。
思いつくままに
一九九〇年九月二十四日

入院

昨年から五回の入院。

昨年六月、いちばんはじめの手術が最もたいへんなはずですが、それは覚悟の上だったので、私自身としてはそれなりに受け取めることができました。

しかし、その退院二週間後の八月に、術後のイレウス（腸閉塞というより、このほうがきれいにきこえるでしょ）でまた病院に舞い戻ったときは、ほんとうに憔悴して何がなんだかわからなかったし、どうなることかと思いました。

そして三回目、今年六月のイレウスも、もう大丈夫と元気に動き始めた矢先だったので、がっかりするとともに、「自分をよく見て動きなさい」という警告だったような気がします。

四回目、七月は前回入院のとき、検査でみつかった肝臓の治療。背中の痛みや吐き気に、なるほど話にきいていた抗ガン剤の副作用とはこういうものかと、実感しました。言葉だけでなく、ずーっと私の体の中のガンとつき合っていくのだなと覚悟を新たにしたのもこのときでした。

今、五回目の入院中。今後の治療のために「肝動脈リザーバー留置術」という処置をして（お腹から）注射で薬を入れました。頭痛微熱などがあっても前回ほどつらいことはなく、あとは二週間ごとの通院で治療、二〜三カ月に一回CT、そして、ときには前回の入院のような治療も必要かもしれないということです。

どの入院のときも「これが良でなくてよかった」と心から思うのです。入院している良を心配するよりも、痛くても苦しくても、自分のこととして我慢するほうが気持ちの上では楽だからです。東横病院のときも、広尾のときも、つくづくそう思いました。今同じ思いを良にさせているなら申し訳ないことと思います。入院しなければわからなかったようなこともたくさん勉強しました。

病気、ことにガンというと世の中の人はさまざまな対応をすることもわかりました。その表し方もさまざま――。「ずっとつき合っていくつもり」という私に、「あなたがそう思っているだけでは」「きっと治るわよ」「なんて慰めてよいのかわからない」。最もひどいのは、「ボランティアをして気の毒な人をたくさん知っているから、あなたの気持ちも違うと思うわ」。

ああ、目が見えなくても不自由でも、けっして不幸な人とはいえないのに。

あるところでは、私は風前の灯火のようにも言われているようです。

一言で言えば、あまり気をつかわないでほしいのです。一般の病気と同じで「お大事に」で充分。

これを受けとめていかなければならないのは私なのです。そして、私のほんとうの気持ちは、自分のありのままの状態をみなさまに伝えていきたいのです。

一九九〇年九月二十五日

ラジオ

家ではほとんど聴かないラジオを入院している間はよく聴きます。というよりつけています。

本を読むときだけは邪魔ですが、それに疲れて麻雀をするとき、ぼんやりしていたいとき、眠りたいとき、家にいるときは音はいらなかったのですが、ここではまわりの雑音を消すためにスイッチを入れて、耳の近くにイヤホーンをおいておきます。それでいてまったものは、よほど意識しない限りほとんど聞いていないのです。

まあ、音楽ならなんでもと思っていたのですが、意外にそれぞれの場面に適するものがあることに気がつきました。ＦＭがきれいに入らないので、ＢＧＭに流したいクラシックや軽いムードミュージックはあまり聴けません。朝、「えのさんの今日の運勢」のあとはだいたいNHK第一にしておきます。

好きなのは「列島北南」、家にいてはなかなか続いて聴くことのできない「わたしの本棚」、今は後藤明生『わたしの食道手術体験』。朗読しているのでひとしお興味があります。「こどもの教育電話相談」では、現役を離れて聞くと親子の気持ちに同情してしまいます。

今まできらいだったのに見直した――聞き直した（?）――のは演歌です。深夜、他局のくだらないおしゃべりよりもましなので、TBSを聴いていると、次から次へと演歌の洪水。いわゆるアイドルと違い一応歌っているし、なによりも歌詞がおもしろい。女、男、わかれ、涙、港、耐えて、偲んで、酒、etc――。これぞ大多数の日本人の心なのだと、思ってしまいました。カラオケもムべなるかな。いちばん眠りやすいのも演歌です。

そして、今まで不思議だった、なぜクラシックの良が演歌をお聞きになるのかもちょっとわかったような気がするのですが――。

一九九〇年九月二十五日

お願いをお聞きとどけてください

「私の体の中にガンがいるの。おととし六月、結腸の手術をして、そのときは大丈夫だった肝臓に、去年六月、カゲがあらわれているのがみつかったの。で、今は治療を続けて大きくならないように抑えているの。

でも、ふだんはご覧の通り、元気にふつうの生活ができるので、どうぞご心配なく」

「そうだったの、ムリをしないでお大事にね」

みんながそんなふうに接してくれたら、どんなに気楽に過ごせるだろう。芸能人ではないけれど、いろいろとりつくろわないで、ありのままを言って、まわりの人たちにもそのまま受け入れてもらいたい。

「明るくふるまう」とか「けなげに」というのではなく、このままが私なのだから、考えてもしかたのないことは考えないで、流されているだけなのかもしれない。自分でも、どうしてこんなに平静でいられるのかなと、ほんとうは不思議に思うこともある。

いつまで生きられるかというのは神様しかご存知ないけれど、これだけはお願いしたい、「私が、動けるうちに良をお召しください」と、そんな恐ろしいことを。ペースメーカーを取り換えなければいいのかしら。でも「早く」ということではなくて……、私も自分を大事にしますから、どうぞ、順番にお願いします。


その次にお願いしたいこと、なんていうと、もう神様は横をお向きになるかもしれない。

幹生がよい相手にめぐりあえてから……

祐介の成長を見ていたい……

二人目の孫もみたい……

ときりがなくなるから、はじめの一つだけのお願いを、どうぞお聞きとどけください。

今、平穏な家庭を持っていることは、私の生涯でいちばんしあわせなことなのです。
感謝!!
一九九一年六月二十一日

小さなしあわせ

モーニングコール………、
「今、スープをつけたところ」良の声。
あ、ちゃんとめしあがっている、よかった、
小さなしあわせ。

私の朝食、
ミルクティーがあれば、パンがおいしいのに、

思いついたらすぐ一階の自動販売機まで
とんとんと階段で行かれるようになった。
小さなしあわせ。

いつもならあたりまえのことなのに、
しあわせ、って感じられる、
しあわせ――――。

明日は家に帰れる。
いつも、大きなあたたかな愛情で囲んでいて
くださる方のところに。
もうすこし、きびしくしてください、
あまり、甘えさせないでください。
やさしくて、やさしすぎて、

心配をさせている私が悲しくなるから。

一九九一年六月二十一日

いつもお変わりなくて

「まあ、お元気でよかったわ。どうしていらっしゃるかと、とても気になっていたの」

「ありがとう。いつもと変わりないのよ」

久しぶりに会った友人の素直なやさしさに感謝しながら、ふと心の中を淋しさがよぎる。以前のように普通に接してくださったら、私はどんなにかうれしいのにと。

私は一見健康な方と変わらず、気分も明るく社会生活を送っている。しかし、一昨年結腸の手術をし、昨年は肝臓への転移を発見、治療を続けている。私の信条として、病と闘うという猛々しいことではなく、長くつきあって共に生きていこうと思っている。肩ひじ張るわけではないが、これを特別なことと思わないでほしいという気持ちが強い。

以前、ある雑誌で現役の老作家が「いつまでもお若くて」と言われるより、「いつもお変わりなくて」と言われるほうがうれしい、確実に年を重ねているのだからと書いているのを読んだことがある。「なるほど」と感じて以来、私は「お変わりなくて」という言葉が好きになった。そして最近、ほんとうにその意味がわかったような気がする。

一九九一年九月二十六日

達人の日記

四十年つづけてきたるわれの日記
簡単に愉《たの》しきことのみを書く
（長谷川銀作）

朝日新聞「折々のうた」にこの歌をみつけたとき、これは人生の達人の日記だと思った。あとになって、ふと読み返したときのほのぼのとしたあたたかさが想像できる。

長いこと、日記は憂さの捨てどころとばかり、胸の内の不満を書き連ね、ことばにはできない鬱々としたものを吐きだしていた。それですっきりしたつもりになっていた。
ところが、何年か経って、それを読み返したときに、もう思い出さなくてもよいことに不愉快な思いをし、「こんなことで」と些細なことにも腹を立てていた自分が情けなくもなる。その頁を破いて捨てたことも何回か……。
それに気がついてから、私の日記は、その日の記録にとどめ、感情的なことは自分の中で消化することにした。これからは「愉《たの》しきこと」も書き加えてみよう。

一九九一年九月二十六日

ことばを大切に

生きていてどれほどのことができるのでもないが／死ぬまでせめて、ことばを大切にしていよう。

（詩集『会社の人事』中桐　雅夫・昭四五）

これも「折々のうた」から。おおいに共感したので、少し引用する。

〔「何という嫌なことばだ『生きざま』とは」と始まる十四行詩「嫌なことば」の結び二行。「『やっぱし』『ぴったし』に怒って『やっぱり、ぴったりと言えないのなら／『びっくりした』を『びっくしした』と言うがよい』とも書く……。〕

今の若い人は、という前に大人もいい加減なことばをつかわないように気をつけなければいけないと思う。たとえば、私がうるさく区別する「が」と「で」。「お茶、紅茶、コーヒー、どれがよろしい？　いれる手間は同じよ」と言っても、「お茶でいいわ」と言われるとがっかりしてしまう。ひねくれ者の私は「じゃあ、コーヒーか紅茶にしましょう。どちら？」と言うとけげんな顔をされてしまう。あとの一幕はご想像にまかせましょう。

「お茶がいいわ」「お煎茶、ほうじ茶？」「お煎茶」と明快な答えが返ってくると、私はうれしくなる。いっそうおいしいお茶が入れられるような気がする。

大皿に取り残されたものを、「もったいないからいただく」と「おいしいからいただく」とでは、それを作った人にとってはたいへんな違いだ。「もったいないから」なんて言われると、つい、私は「ブタさんになるから残しておいて」と言ってしまいそう。

「すみません」と「ありがとう」。「すみません」は「相済みません・申し訳ございません」というお詫びのことば。「ありがとう」は感謝のことば。このごろ「ありがとう」というべきところに、しばしば「すみません」が登場する。実は、そういう私も、ときに便利に、その場の状況がスムーズに運ぶように軽くつかってしまうことがある。ほんとうは「恐れ入ります」と言いたいようなときにも——。

まだまだいっぱいある。「うそー」「ほんとー」は論外としても、よくつかわれている「東京のど真ん中」、このどというのはきれいなひびきではない。中桐氏のいう生きざま、「生きざまをさらす」ような気がする。これらの語源を調べてみたいと思う。

「ことばは人格を表す」と言っても、過言ではないだろう。ことばを大切にしよう。

一九九一年十月七日

二人部屋

一九八九年六月、手術のためK病院の西四階に入院して以来、同年八月、九〇年は六、七、九月、九一年は二、六、九月と、思いがけなく八回も入院をくり返してしまった。

最初は手術でもあるし、最初にして最後のぜいたくと個室にしていただき、ホテルにでもいるような気分で快適に過ごした。もしまた入院しなければならないときは大部屋にしようと思った（良は、そんなこと考えなくてもよいと言ってくださったが）。

ところが退院後二週間目に、イレウスで外来から即入院。個室は空きがなく、西五階の二人部屋だった。お相手によりちょっとくたびれるなと思ったが、先の見えている入院なのでがまんできた。

三度目、九〇年六月、またイレウスで外来から入院。西には空きがなく、東三階の二人部屋に。東三階は婦人病棟で、男性の影がないというのは、トイレに行くのもガウンなしで気楽で居心地よかった。シャワーも月曜から金曜まで、午前中だが使うことができる。その後、検査、治療のため四回、今回はまたイレウスで、といつも東三階を希望するようになった。三〇八号室は窓の外に夾竹桃《きょうちくとう》、びわの木、池には鯉の泳いでいるのもみられる。三〇二号室は正門から一直線の位置にあるので、人の行き来が興味深くみられる。救急車の入ってくるのも――。いずれも窓側になったときのことだが、さいわいというか偶然というか窓側の確率のほうが多いようだ。

二人部屋には必ずお相手がいる。たまに、二、三日入る人がいないと個室の気分だが。はじめのうちは、というよりいちばんはじめが個性的な現代娘で、だんだん一期一会（?）を楽しめるようにさえなってきた。

途中で入退院があるので、その出会いは十人以上になるが、日常的な状態ではないので、思いがけず心を開いて話し合える仲になる人がいる。お互いのプライバシーに立ち入らないときに、問わず語りにだんだんとそういう間柄になれるような気がする。しかし、私はそのとき限りのおつきあいにして、あとまで引きずらないことにしている。病院は日常と隔離された環境だからだ。

これを限りこれを限りと希いつつ
　またも迎える退院八度目

一九九一年十月十日

縁、めぐりあい

還暦を迎えた私の人生で、
もっとも大きなしあわせの縁、
それは良とのめぐりあいであろう。

1959年４月19日　日比谷日活ホテルにて

信ずるもの

そのお言葉を、いつ、どういうときに、O先生がおっしゃったのか定かではない。クラスの友人にきいても、だれも首をかしげるだけ。なにしろ私自身もその部分だけ、なぜか鮮明に記憶の底に留めているのだから――。

「キリスト教でも観音様でもよい。なにか心の中に信じるものをもちなさい」

クリスチャンのO先生がおっしゃったので、「ほんとうにキリストでなくてよいのかしら?」と、十代の私は言葉にできない不思議を感じたのだった。

あれから四十年余りも経た今、その言葉のもつ意味がほんとうにわかったような気がする。プロテスタント、カソリック、仏教と、人生の遍歴とともに勉強をしてきて、ほんとうの神というのは、それらのすべてをみそなわすものであるという私なりの結論に達したからだ。

もし、私の記憶がまちがったものだったらO先生に対してたいへん失礼なことになる。しかし、今、それが私の心の大きな支えになっているとわかってくだされば、きっとお許しいただけると信じている。

一九九二年二月二十日

超級

毎月、玉川から送られてくる学園のたよりを受け取るたびに、名前のあとに旧女四十九とあるのを見て、遠いあの頃を思ってかすかな胸のいたみを感じるのは私だけだろうか。ほんとうは四十八年卒業なのにと——。

一九四八年はちょうど新学制に変わるときだった。当時三十人ほどの旧女四年生は、超級テストを受け、それをパスすれば五年生と一緒に卒業できる。新学制で勉強するには一年下のクラスに入り、新制の高一になるということだった。超級テストの問題で、今でも覚えているのは、英語で〝WHAT IS THIS?〟〝THIS IS A PEN〟。漢字の書き取りもそれに準ずるようなものだった。当然全員合格。そろって卒業した。私も早く社会の空気を吸いたいという気持ちが強く、超級という名につられて、玉川を巣立った。当然、そのツケはジリジリとまわってきた。国語、英語など日常常識的なことはともかく、数学、社会など、子供と共にやっと一人前に身についてきたような気がする。

一九九二年二月二十日

縁、めぐりあい

良三郎さん

この世に生きる人と人は縁とめぐりあいによって不思議に結び合わされているように思う。どんな出会いも意味のないものはなく、あるべくしてあると、このごろしみじみと感じるようになった。

還暦を迎えた私の人生で、もっとも大きなしあわせの縁、それは良とのめぐりあいであろう。もう、私の人生の半分以上を共に過ごしたことになる。

今さら書くまでもないが、それは登喜子姉様が仲に立ってくださってのお見合いから始まった。玄関の前で写した温厚そうな男性の写真を見て、「こんな風だけどきっと遊び上手なんだわ」という先入観をもったのは、終戦後の軽井沢で遊び上手だった登喜子姉様（姉、淳子の友人）のいとこというだけでの思い込みだったようだ。

日活のロビーで、今は亡き大塚のおば様（伊澤の母の姉）、登喜子姉様、淳子姉様、そして私がソファーに座って待っているところに、彼は渋いグレーのスーツ、革の蝶ネクタイというダンディ（？）な姿で現れた。そのときの様子は今でもはっきり目に浮かぶ。みんなでお茶をいただき、ほんとうに「お見合い」だけで、その夜は別れた。

お互いにとても仕事が忙しいときだったので回数はそれほど多くないが、印象に残るデートを重ねた。まず第一回。夏の暑い日、銀座を歩き、お茶を飲みに喫茶店に入った。「マグノリア」だったと思う。私は何を注文したか覚えていないが、良がパインジュースをとり、私の大好きなパインがついていて、「あれにすればよかった」と思わずじっとみつめてしまったらしい。「取り換えましょうか」という良のことばに、おそらく私はにっこりしたのだろう。そのときは自然のなりゆきで、深く考えなかったがずいぶん心臓の強いことをしたものだ。でも、「どうしても欲しいものは欲しい」というくせは、今でも変わっていないらしいから、良にとっては良い教育だったに違いない。

あるときは、少し早めに着いてお茶をのんでいる私の横を通って行った人が、「彼らしい」と思ったが、人違いをしては同じ店の中で恥ずかしいと、三十分くらい様子をうかがっていたこともあった。

二、三回目のときだったか、「山岡さんとお袋と、女学校時代からの親友なんです」と言われたとき、はじめはピンとこなかった。「礼子ちゃん」と呼んでいて、そのころの私と礼子ちゃんは全然つきあいがなかったから、「山岡さん」がそれほど大きな意味をもっていることに、実は気がつかなかったのだ（礼子ちゃんは節子の従姉妹で、山岡さんの長男と結婚した）。伊澤母上は、礼子ちゃんの結婚式のとき栄の兄と名刺交換をして、「栄」という名字が印象に残っていたそうだ。自分でいうのもおかしいが、このことが、伊澤家に無条件に私を受け入れてくださる下地になったことはまちがいない。

決定的だったのは新橋のバーでちょっとのんでから、田町までとりとめのない、それでいてなにか気持ちの通じ合う話をしながら歩いたことだった。どうも、このあたりで結婚することに決まってしまったらしい。「らしい」というのは、ついにプロポーズの言葉もなく「じゃあ、いいわね」という姉の言葉にうなずくことで、そういうことになってしまったのだ。ちょっと残念な取り返しのつかない思いだけで、けっして後悔などはしていない。

平坦にみえる結婚生活も、振り返ればさまざまなことがあった。今の私だったら絶対に考えられないことだが、大森の母上、妹のツンちゃん、良の三人の生活の中に入って（いずれ転勤があるということで）の新婚生活だった。やはり、初めは二人だけの生活を固めるべきだったと、正直なところ今は思っている。

悲しいことはあらためて書くこともない。

仙台、東京世田谷、西宮、福岡、東京と転勤生活。友の会を通して同じ思いの友人に恵まれた。

由美子は小学校を五回、幹生は幼稚園を三回変わるということになったのも、サラリーマンの宿命だろう。いま、すべて落ち着いているが、それは長い年月の家族の生活が、それぞれの思いが落ち着いたということであろう。

三年三カ月の母上の入院生活では、姉上達との協力に、よりいっそうの結びつきを強めたような気がする。それとともに、このことに端を発する人のほんとうの心もみえてしまった。

良との出会いを書いておくつもりが、つい余計なことに及んでしまったようだ。

一九八九年の六月の手術、今回の手術、治療も含めて九回の入院。ここにきて、なにもかも良に頼りきった生活になってしまった。なによりも「あるがままに」の私の気持ちをそのまま受け止め、受け入れてくださっているのが、ほんとうにありがたい。そのおかげで、私も気持ちを乱すこともなく、マイペースで生活できるのだから——。

ここに、ちんとましますおひなさまのように、二人はすずやかな気持ちで、これからの生涯を共にしてゆけると思う。毎日「ありがとう」の気持ちを持ち続けながら——。

縁といえば、良のいとこ啓一郎さんと、私の兄嫁のいとこ明子さんが結婚したのも偶然とはいえ不思議なめぐりあわせ。そして啓一郎さんと兄嫁の弟幸一郎さんは、幼稚舎以来のつきあいなのだから。

宇佐美法律事務所

私が宇佐美法律事務所にいた頃の友人Iさんが、良の小学校の友人のお姉様ということも結婚してからわかったことだった。

デベッカー・アンド・宇佐美法律事務所。いつもどこかに気がねしながら生活していたような（というとバチがあたるかもしれないが）私も二十歳になり、自立するにはまず自分で働かなければと思った。何の特技もないし、字も下手だからタイプを習おうと思い、渋谷のセクレタリースクールに行った。英文か和文かと迷っていたが、英文のクラスのなんとなく軽薄な感じに、やはり確実に自分のものにできそうな和文タイプに、とその場で決めてしまった。

だいたい授業も終了した初夏、一カ月間の臨時の仕事があり宇佐美法律事務所に採用された。その条件が、くずし字の読める、お嬢さんタイプの人というのだから、おもしろい。

石油会社同士の裁判用の書類だった。これは後々のためにとてもよい勉強になり、タイプの自信もついた。お給料も普通の倍くらいいただいた。

その夏、直接宇佐美先生が家にいらして、「今までの人がやめるのでぜひ手伝ってほしい」といわれ、また居心地のよい事務所に戻ることになり、一九五三年から五年余り勤めることになった。

それまで、いつもだれかに頼っていたような私にとって、それは初めての自分自身での選択であり、だんだん登記関係の仕事の実務も任されるようになって、今までにない自信ももてるようになってきた。

この、ときどき出勤する人も入れて十数人しかいない事務所の中にも、思いがけない縁があった。まず宇佐美先生、姉のところでその話をしたとき、「あの東京裁判の?」ということになった。戦後ある薬が問題になったとき、やはり東京裁判の(Sさんについた)Y先生とお二人にお願いしたそうだ。事務所の人達も驚いていた。

そしてIさん、結婚後電話したとき「伊澤さんて弟のお友達じゃないかしら?」といわれてびっくりした。そういえば、よく大森の話が出たものだった。

また、Kさんという方は、後になって知ったことだが、福沢美和さんのおじ様、慶応の先生のお世話でハーバード大学に学び、そのころ弱冠二十四歳の異色の国際法学者だった。ずっと後のことだが、福沢さんがお宅で電話をしていらっしゃるときに「Kさん」というのを聞き、その関係がわかった。しかも、私があの事務所にいたころ訪ねていらしたことがあったそうだ。残念ながら私にはそのときの記憶は全然ない。もし、そのときに福沢さんに会っていたら、ひとみ会との縁も、もっと早く結ばれたかもしれない。しかし何事にも機というものがある。機が熟すということでは、ある程度の時間をかけることが必要なのだろう。

朗読ボランティアとひとみ会

私が視覚障害の方達に関心をもち、いつか点訳をしようと思い始めたのは、いつの頃からか自分でもはっきりわからない。十代の満たされない気持ちを啄木などいささか感傷的な本に慰めをみつけていた頃、玉川の図書館でたくさんの本に埋もれて過ごすのが日課のようになっていた。たぶんそのとき「目の不自由な方にはこの慰めがない」と思ったのが発端ではなかったか。でも、少しも具体的には行動しないまま何年も過ぎていた。

しかし、私の視覚障害者に対する考え方はかなり観念的なもので、実際にはなにもわかっていなかった。それに気がついたのは、仙台に転勤してまもなくのことだった。良のために、電話帳で調べてマッサージを頼んだところ、現れたのがWさんという全盲の人だった。さあ、どういうふうに案内したらよいのか、お茶の出し方は？　お金の渡し方は？　と、戸惑うことばかりだった。

そのうち、うちとけてくると、点訳、日本点字図書館のテープのこと、カナタイプのこと、子供の教育のしかたなどが話題になった。そして「奥さんは言葉がきれいだし（標準語の意味）、これからはテープの時代になるから」と朗読をすすめられた。それが十数年後、横浜の朝日カルチャーセンターで「朗読ボランティア」を開講したとき、迷わず受講するきっかけになったのだ。

七三年頃、子供たちもだんだんに手をはなれ、東京に落ち着いていられそうだし、私も何か仕事をしたいと思い始めた。自分の自由な時間がほしい、家にいてできることがよいと、和文タイプの勉強をやり直して、ハイビジネスという会社の下請けをすることにした。

ひとみ会のことを知ったのは、その仕事を始めてまもなくのことだった。「ひとみ会の歩み　十五周年記念号」という原稿には、私の知りたかったことが溢れていた。「ぜひ、この会に入りたい」と思った。その内容から、代表の福沢美和さんは「慶応の福沢さん」に違いないと、電話帳で調べて白金にお便りしたのに、宛名不明で返送されてきてがっかりしたものだった。仕事を始めたばかりの私は、その原稿を依頼した方のことを会社にきくことはできなかった。そういう雰囲気ではなかったから。今、考えるとカナタイプをとり入れていたハイビジネスに依頼したのは、ひとみ会のカナタイプの先生にちがいない。

ところが、プツンと切れてしまったひとみ会と私の赤い糸が結ばれるときがきた。それは朗読ボランティアの勉強会で、門脇先生が「ひとみ会と福沢さん」のお話をなさったときでした。これが縁、この機を逃してはとすぐに門脇先生にお便りで「ひとみ会との出会い」のことをお話した。先生も、思いはいつか通ずるものと、心をこめた御返事をくださり、福沢さんを紹介してくださった。

そして、ひとみ会とのおつきあいが始まったのは、まもなく二十五周年を迎えるころだった。点訳、朗読ボランティア、ひとみ会の十五周年記念号、なんと長い年月をかけて自分の居場所をみつけたのだろう。再来年はひとみ会も三十五周年を迎える。

いつのまにか福沢さんの原稿のテープ起こしをするようになった。これはお互いに理解し合えないと、ほんとうに良い仕事はできないと思う。私の能力（？）を引き出していただきありがたいことだ。

福沢さんの発案で、ひとみ会の方たちとお互いに一層理解し合えるように、集まりに便利な私宅で八人くらいずつ「小さいひとみ会」の集いをするようになった。私の手料理で、良の協力もいただき、月に一度くらいの割合で続けた。同じ食卓を囲むというのはことのほか親しさを増すものだし、私の中華料理の腕試しができるのもうれしかった。それも、私の病気と口さがない人のうわさで、二十四回で打ち止めとなったのは残念だ。

今、「ひとみのわ」と「ひとみ会のしおり」など、できる範囲での協力は私の生活の張り合いになっている。

余談だが、ひとみ会のSさんと、私の小学校時代からの友人Oちゃんは、御近所で、ごく親しい間柄だったということもわかった。

ひとみ会と私（一九九二年「ひとみ会のしおり」四十七回誌）

私は今でも、初めてひとみ会の会合に出席したあの日のことを忘れることができません。それは夏の終わりのある日、自由が丘の駅から始まります。会場への道順は、自由が丘に着いてから電話で伺うことになっていました。電話口の福沢さんは、私の位置を確かめてから「右にいらして踏切を渡らないで……、城南信用金庫があるからそこを……」と実に明確に教えてくださいました。おや、福沢さんは全盲のはずなのにどうして?と不思議に思いました。そのときは、盲導犬と歩く方が道順をしっかり頭に入れて、犬に指示を与えながら歩くということさえ知りませんでした。なにしろ、盲導犬との出会いもその日が初めてだったのですから。テーブルの下でおとなしく伏せているフロックスとクリナムの目がかしこく、やさしそうでした。

会場では数人の方があみものをしたり、びんドール（ビールびんで作るお人形）を作っていました。さっそく私もお仲間に入れていただき、きれいなふろしきでギャザースカートを縫い、菊沢さんはパフスリーブのそでロに、指先を頼りにボンドできれいにレースをつけます。二人三脚で、大きな帽子をかぶったすてきなお人形ができあがりました。

手芸の材料の入っている押し入れの中が整然と片付いているのに感心している私に、「置き場所をきちんときめておかないと、見えない人はわからなくなってしまうでしょ」との説明。サインペンを探している晴眼者に「電話の横の筆立てよ」と福沢さんの声。

帰りはIさんとご一緒だったと思います。「この道でよかったかしら?」という方向音痴の私に、「ええ、ここに来るとパチンコ屋の音がするから」というお答え。駅までほんの十分ほどの距離でしたが、そんなに長い時間、白い杖の方と歩いたのも初めてでした。

頭の中ではわかっているつもりでいたのに、実際に視覚障害の方とふれ合う機会のなかった私には初めての体験ばかり、とまどうことも多かったけれど、ほのぼのとしたお互いの思いやりを感じた一日でした。

今、私の生活の中でひとみ会はかなり大きな位置を占めています。何がそれほど大きな魅力になって私をひきつけるのでしょう。よく、ひとみ会にいると「見えないことを忘れる」といわれますが、私はときどき自分が見える人であることを忘れているようです。にがてな手芸もみなさまと一緒だから楽しいし、月に一度のせせらぎ会も、ライトセンターのフォークダンスクラブに行くのも、誘い合う仲間があってこそなのです。そこに「ひとみのわ……和・輪」の雰囲気がかもしだされるからなのでしょう。

そのひとみ会と私が結ばれるきっかけとなったのは、今でもときどき宝物のようにとり出して見る「ひとみ会の歩み　十五周年記念号」というタイプ印刷の小冊子です。当時タイプの仕事を始めたばかりの私が、ハイビジネスという会社から頼まれてその小冊子のタイプを打ったのでした。ひとみ会がどうしてできたのか、そしてひとみ会の心とは……。一語一語うなずくような思いで打ちましたのに、その小冊子にはひとみ会の所在地がなくて、連絡をとるすべがありませんでした。ところが、それから数年後、リーディングサービスの勉強をしていたときに、思いがけなく先生がお友達の「福沢美和さんとひとみ会」のことをお話しになりました。希いはいつか叶えられると申しますが、このとき、プツンと切れたままになっていたひとみ会と私の紅い糸が再び結ばれたのでした。

やすらぎ研究所との出会い

これもまったく思いがけないことだった。

Kさんがアメリカでの新婚生活を書いた『もう留学生じゃない——ビーバーと踏みしめるほんもののアメリカ』の原稿を、どこか受け入れてくれるところはないか探していた。

そんなとき、良の紹介で（K会計事務所を通して）E社を訪ねた。助安先生の奥様と編集のKさんにお会いして、原稿をお預けした。帰りがけに「こんなこともしていますから」と、コスモライトというやすらぎ研究所のパンフレットと、『希望の道』（助安由吉著）をいただいた。電車の中でコスモライトを読んでいて、難民の子の里親に「白仁田郁子」という文字をみつけるのと同時に、「助安由吉」の名前に以前出会ったことを思い出した。Sさんが数年前「とてもよいことが書いてあるから読んでみて」とくださった本が『智恵の宝庫』（助安由吉著）であったことを——。『希望の道』に書いてあった「あるがままに」という言葉と、「キリスト教、仏教などにとらわれないそれらをもしろしめす神、大宇宙の存在」という思想に共鳴した。ちょうど私がいろいろと迷った末に辿りついた考え方と同じであることに強くひかれたのだった。

Kさんの出版の話は不首尾に終わったが、私にとっては思いがけない精神的な出会いが生まれた。

やすらぎ研究所は毎月一度「写言瞑想の会」をひらいている。ひとことで言えば「写経の口語体」といったものであろうか。静かな音楽の流れる中、墨をすって心を静め、七枚の「ことば」を書く。約一時間。そのうちにヨーガの瞑想と同じですーっと気持ちが落ち着き、座を組みたくなる心境になってくる。そして書いたものにそれぞれの願いをこめて——地球の平和、病気や悩みをもっている友人がいやされるようになど——ベランダで磁器の器の中で焼き、灰にして天空に舞い上げる。

これは自分のためになることを願ってしてはいけないそうだ。自分のためにする場合は、自我をあらためたいときに限るそうだ。

このような儀式めいたことは、疑問をもち、ばかばかしいと思えば、それのもつ良さをわかることはできない。その中に浸りきってしまえば、少しでも自分のものとして取り入れることができるのではないだろうか（これが邪道だったら恐ろしいことだから、見極めが大切だが）。

私は十一月と一月の二回参加した。集まる人は男女とも約十五人。いずれも日曜の午後なのに、快く出してくださる良に感謝している。助安先生の奥様には私の病気のこともお話した。私の気持ちを理解して、そのまま受け入れてくださったのは、さすがにという感じでうれしかった。やはり二月と三月は入院のため出席できなくなってしまった。

「私がこちらに伺うのは（救いを求めてではなく——これは言葉にしなかったが、多くの人はそういうふうにとるだろう）ここにやすらぎがあるからです」、自己紹介のときに言ったことだが、まさにそのとおり。

「やすらぎ」、心と体のやすらぎを、自分だけでなく、私のまわりのひとりひとりに伝えることができたら、どんなにしあわせだろう。

一九九二年三月十一日

手術

「痛み止めの注射をしますから、背中を海老のように曲げて」と看護婦さんの声。

手術台の上の私は俎の上の鯉、いや海老。

「あ、麻酔だな。今回は脊髄なのかしら」

次にマスクをつけて酸素らしきものが流れてくる。その脇から、何か別の気体らしきものが……。

「ひとつ、ふたつと数えなさいと言われないけれど――」

と思っているうちに眠ってしまった。

×　×　×

「あなたのお腹の中、まっ黒。いろいろなウップンが渦を巻いていたわ」

「あなたの卵巣一キロ二百もあった。それで先生がプツンとメスをいれたら、聞こえてきたの。ホラ、(王様の耳はロバの耳)ってあるでしょ。あれみたいに――」

「え、それ、テープにとってある?」

「いいえ。何て言ったかって? それを言ってしまっては身も蓋もない。きっと、あなたが聞いてほしい人の耳には、ちゃんと聞こえてるはずですもの」

× × ×

「全部きれいにとれましたよ」というY先生の声に目覚めたのは、東三階に戻ってからだった。

前回の手術のときのように足先の冷たさを感じないし、主人も「この前よりずっと顔色がいい」と言った。私はぼんやりした頭の中で、今回は麻酔が違うからかなと思っていた。

その後三日間くらい、目を開けようと思っても開けられないくらい眠くて、完全に麻酔から抜け出すのに時間がかかったような気がする。もしかしたら痛みを我慢するよりも楽なほうがいいと、遠慮なくナースコールして痛み止めを打ってもらったせいかしらと、頭の片隅で考えていた。

あれから十八日、明日は退院の日を迎える。十三日の金曜日、仏滅ならぬ大安、主人の誕生日である。

一九九二年三月十二日

NHK文章教室リポート

今、不治の病とともに生きる私にとって、
まさに「時間の使い方は生命の使い方」。

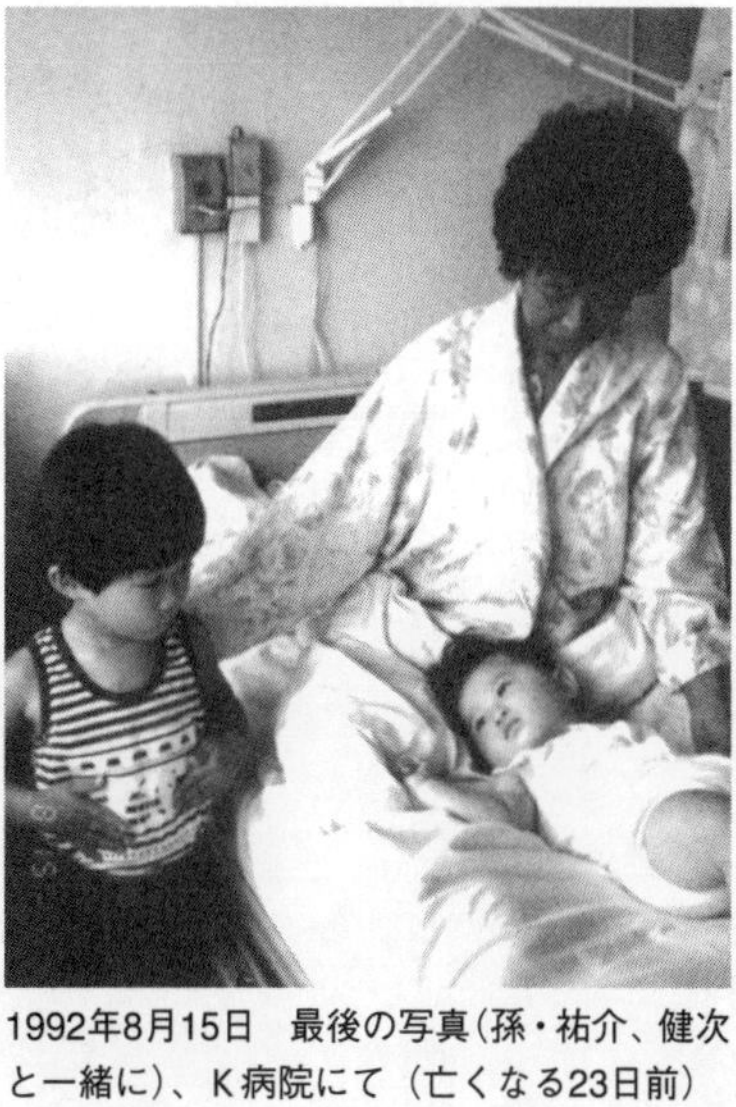

1992年8月15日　最後の写真（孫・祐介、健次と一緒に）、K病院にて（亡くなる23日前）

小さなしあわせ

五年前の九月末、夕方のことだった。私は納期の迫っている仕事を仕上げるのに夢中でタイプライターを打っていた。ふと手を止めると、隣の部屋からテレビを見ているはずの主人の、いつにない大きないびきが聞こえてきた。（疲れているのかしら、風邪をひくわ）「リョン」。声をかけて、はっとした。

何の反応もない。家には二人だけ。そっと頭を膝にのせ、（しばらく様子をみようか、救急車を呼ぼうか）と妙に冷静に思いめぐらす。

ふと目を開いた主人は不思議そうにあたりを見まわす。「テレビを見ているうちに画面がぐるぐるまわって、目の前が暗くなって」と。なにごともなかったような顔の主人、だが私は一抹の不安を消せぬままその夜を過ごした。

翌日、私も付き添ってかかりつけのK病院へ。不整脈のため即入院。そして翌々日ペースメーカー埋め込みの手術となる。CCUに一週間入り、一カ月後無事退院。

今、健康な人とまったく変わらない生活を送っている主人。私はときどき、その胸に埋め込まれている五センチ四方の固い機械にそっと触れてみる。今日のしあわせに感謝しながら。

時間の使い方は生命の使い方

「人生の重さは、必ずしも人生の長さと比例せず、その人の過ごす時間の質にかかっている。時間の使い方は生命の使い方なのだ」と渡辺和子氏は『愛をこめて生きる〝今〟との出逢いをたいせつに』の中で述べています。

この世に生まれたときから、だれでも公平に与えられる唯一のもの、時間。それは、どんなに譲ってあげたいと思っても、だれにもあげられないし、だれからももらうことはできません。今の一刻は、再びめぐってくることはなく過ぎ去っていく、なんと貴重ないとおしいひとときなのでしょう。

「時間の質」とは、決して形あるものではありません。与えられる「今」という時をたいせつに心をこめて生きていくことなのです。

家族、友人、社会のためにそれを使うことができれば、最高の贈りものになるでしょう。

もし、この体が動かなくなり何もできなくなっても、ある人のしあわせを希うために、私の時間を使うことはできるでしょう。

今、不治の病とともに生きる私にとって、まさに「時間の使い方は生命の使い方」。それは、豊かに希望に満ちた言葉に響きます。

歌を忘れたカナリヤ

「あなた、はずれているわね」

気分よく大きな声でベートーヴェンのミサソレムニスを歌って、自分の部屋から出て来た私に投げかけられた義姉の声。

「アルトだから」

「私も歌ったことあるから、わかるわ」

もう四十年以上前のことなのに、私はそのときの痛手を今も引きずっている。まだ若かった義姉は、親しさから気軽に言ったのだろう。そのころ私はコーラスの盛んな学校で学び、それほど自信があるわけでもないが、いつも楽しく歌っていた。だが、その言葉は感じやすい年ごろの私に、どんなに強く響いたことか。それ以来、私は「歌を忘れたカナリヤ」になってしまった。

こんな些細なこと、乗り越えなければと思いながら、流行のカラオケもコーラスも、私には別の世界のことのように感じている。

しかし、今でも、いえ、今だからこそ「歌を忘れたカナリヤ」は、自分の「象牙の船に銀の櫂」は何なのだろう、「月夜の海」はどこなのだろう、とさがし続けている。

パソコさん

今日は雑誌『クロワッサン』の発売日。入院中の私は、点滴の終わるのを待ちかねて一階の売店に買いに行った。急いで「目に関する特集」の記事に「F・M」の名前をさがす。

「あった」。Fさんが初めて点字ワープロ（ニックネームはパソコさん）で打った原稿が、ここに活字になっている。これは他の人にはわからない私だけの感動かもしれない。

一月ほど前、「クロワッサンから頼まれた原稿、パソコさんで書いたの。間違いがないか読んでくださる?」との電話。

届いたその原稿は完璧だった。

「ひとつも間違ってないわ。私、もう御用済みになることね」

「でも、パソコさんには目がないから、これからもどうぞよろしく」

私は、全盲のFさんがテープに録音した原稿を、文字原稿に書き起こすお手伝いをしている。仕事がなくなるのは、私の喜びでもある。

いつも盲導犬とふたりで、録音ボランティア、講演など、視覚障害者と晴眼者の自然な交流に、さりげなく、しかし意欲的に活動するFさんは、またひとつのハードルを越えたのだ。

転勤した友

先日は遠い所からのお電話ありがとうございました。お元気なお声を伺うことができうれしゅうございました。あのときお話した「三療用語の読み方」とFさんの著書は別便でお送りしますのでお納めください。点訳と朗読、表現は違っても下調べの難しさは同じです。お互いにムリをせず細く長く続けましょうね。

今日はヨーガの日で、先生はじめレギュラーの皆様もお変わりありません。ご一緒に通った綱島公園は、今、紅葉がとても美しく、あの心臓破りの階段を十段登っては立ち止まり、あたりを見回し野鳥の声に耳を傾けながら帰ってまいりました。私も、そのくらい元気になりました。
お寒さきびしくなってまいります、お風邪など召しませぬように。

ごきげんよう。

伊澤　節子

松岡啓子　様

短歌　たんぽぽ

「たんぽぽは　たんぽぽが良い」それぞれに
野の花のごとくつつましく咲け

1988年6月28日　秘湯、尻焼温泉の帰り道、抱接道祖神の前で（六合村）

ワーンという都会の息吹せまりくる
夜半に開けたる病室の窓

結石の傷みに耐えるわが頬を
刺しくる蚊のあり　明け方三時

夜半二時ねむれぬ人のいるらしき
暗きロビーにたばこの火ゆれる

耳すます　すこしだみ声「飲み過ぎね」
電話の声は正直に語る

外出を許され一人歩み行く
全身に迫る街の空気が

ポツポツという雨だれの音に耳澄まし
座禅するごとし夜半のベッド

悲しみも喜びも吸い赤々と
夕日燃え落つマンションの陰に

Gパンに真っ赤なセーター似合う日は
心も軽く家事に勤しむ

手さぐりで歌をメモする真夜中に
ふとおもいやる盲目《めしい》の友を

確実にむしばまれゆく肉体に
今年最後の点滴終わりぬ

ひたすらに主《あるじ》と歩む盲導犬
毛をさかだてる猫も見ずに行く

一年が元日の如くゆったりと
争いもなく過ぎかしと祈る
(世界の平和を)

九回目の入院なりきそのたびに
これで終わりと思い固めつ

もどれれば臨死体験してみたし
麻酔の前のかすかなねがい

宵節句あふれる花に囲まれて
病めるしあわせひそかにたのしむ

午後三時面会時間近付けば
廊下の足音聞き分ける耳

還暦を迎える年に生《あ》れし孫《こ》
ただ健やかに伸びよと祈る

あたたかき春の日ざしの中にいて
もみの木ゆする風を感じる

窓外のしだれ桜に名も知らぬ
野鳥の一羽我を見ており

息をのむ霊安室に向かうのか
白き布でおおいたるストレッチャー

「たんぽぽは　たんぽぽが良い」それぞれに
野の花のごとくつつましく咲け

見舞い客　おとめの声力強く
明るくなりぬ病室の中

思いかけぬ入院二十二日　伸びのびし
カーリーヘアーはライオンとなる

深夜便　なつかしきタンゴむせび泣く
はるかに遠き　青春の日々

窓はるか遠ざかりゆく君の姿
一直線に目でおいかける

わがいのち半年区切りに予定立つ
還暦の春　いかに祝わん

深夜便　なぐさめに聞くのも今日限り
明日はわが家で白河夜船

力なくわれおそいくる十月の蚊
退院祝いに少し血を分ける

おめでとう　今日は大安退院の日
支度ととのえ　ただ君を待つ

これを限り　これを限りと希いつつ
またも迎える退院八度目

このいびき　この手のぬくもり
　雨の音やさしくきこえ君はとなりに

厚きゆえ　しまいてありしこのノート
　日々詠み草で埋め尽くさん

啄木のごとく　サラダ記念日のごとく
　かんたんに思いし歌の　はやゆきづまる

爪十本に抗ガン剤の黒いほし
啄木のごとくじっと手を見る

主治医言う「神のみぞ知る」と
真剣にガンの原因問いかけるわれに

真夜中に短歌メモする手さぐりで
盲人《めしい》の人はかく書くならん

たけだけしく闘おうなどおもはざり
ともに生きよう身の内の癌

マッチ箱　嫁ぎし娘のコレクション
北に南に旅せしなごり

枕もとに本積み重ねメモを置き
ラジオを流す睡眠儀式

遂に今日夜中に目覚めずメモ白紙
退院五日目の朝迎える

風さわやか十日ぶりの秋晴れに
赤とんぼ追う子らの声はずむ

カーペット　テーブルかけもとりかえて
秋晴れの日をなおさわやかに

ホームより遠足の子らのざわめきが
　秋風にのりベランダにとどく

せんたくもの　乾くまもなくとりこみぬ
　十パーセントの予報はずれて

三歳の孫に贈るにわが子らの
　そのころ思う「きかんしゃやえもん」

つたなくも　みきおの本とサインあり
　くり返し読みし「ひとまねこざる」

「亭亭」ということば　はじめてぞ知る
　竹そびえ立つ織物の賛に
（森実さんと友創作工芸展に行く）

あとがき

この書の出版にあたり、いろいろな方々に大変お世話になりました。特に福沢美和さんには無理に頭の文章をおねがいしたり、編集のご指導を願ったりしました。また節子が昔から大好きで、少女時代にペンネームに使っていた野山に咲く「吾亦紅《われもこう》」をどうしてもどこかに使いたく、私の友人、黒川英夫氏（税理士）にお忙しい中、カバーの絵をお願いしました。その他ひとみ会の山口敏恵さん等々にいろいろ助言をいただきました。感謝致します。

最後に、私と娘、息子の三人がそれぞれに書いたあとがきで、この本をしめくくりたいと思います。

平成十三年九月

伊澤良三郎

〈夫・良三郎〉

本当に幸せな毎日だった節子との生活も、終わってしまいました。その三十四年という年月も終わってしまうと、あっ、という間の出来事でした。今、考えてみると私の二百五十日にもなった病院通いも、節子からの素晴らしい贈りものだったのかもしれません。病院に行くことを「苦」に思ったことは一回もありません。それどころか、病院に行き節子の手を握ると、それだけで一日の疲れはどこかに消えさり、幸せ感だけが私の体中をかけめぐっていました。こんな悦びを節子は私に与えてくれたのです。大好きな節子でした。

その大事な節子が、あの焼き場からどこかに行ってしまいました。幸せな日々も、三十四年の生活も一瞬のうちにどこかに消えてしまったのです。悲しむ暇もないくらいに早く、ほんとうにもう会えないんだな、と思うようになったのも、つい最近のことです。そのときから悲しみがじわりじわりと胸をしめつけ始めました。毎日、毎日、節子の日記を読み、節子のお位牌に向かって、有り難う、有り難う、を繰り返しております。

多くの方々に支えられ、それが私達夫婦の大きな財産になり、それによって三十四年の幸せな日々を与えてくださいました。そんなことを二人で話し合ったこと等も思い出されます。節子とともにあらためて感謝申し上げます。

六十歳という若さで亡くなったことに多少の悔しさは残りますが、これも神のなせる業なのでしょう。この事実も「あるがままに」受け入れざるを得ません。ある方から節子の文章をお読みになり、お手紙の中で「八十年分を六十年に濃く生きられた節子さん」の文に接し、ものすごくうれしい文章だなと納得させられました。

節子の残した文章、日記等の中から初めはコピーくらいと考えていましたが、私達の生活の一つ一つを、子供達、いえ私自身の中の節子をさらに刻み込みたくなり、本として出すことにしました。書くことにチョッピリ楽しみを見出していた節子の飾らない文章を読んでいただきたいのと、私達の一つの区切りとしたいこと、それと一番大切な「たくさんの愛と幸せ」をくださった多くの方々に、節子の一端でも胸の中に残してくださったなら、そして、たまには思い出してくださったなら、どんなにか節子がよろこび、私の励みになることでしょう。

〈長女・由美子〉

母が亡くなっても、月日は変わらずに過ぎていきます。母にもいてほしかった場面、伝えたい場面が幾つもありました。母との新しい思い出が作れないのは、さびしいことです。

でも、母のことは、すべて過去のこと……ではないと、最近思うようになりました。私にとって現在進行形であることも多いのです。

例えば、子どもを育てるようになって、自分が育てられた記憶をたどったとき、思い出される場面に、そのときにはわからなかった母の気持ちがクローズアップされてきます。それは、単なる思い出というだけでなく、貴重な助言でもあります。

そして、知らないうちに身についてしまっている節子流のあれこれ。考え方、やり方、価値観などずいぶん影響を受けていると思います。ただ、少々ピントはずれなのか、人とのズレを感じることが幾度となくあって……。良くも悪くも、これは、一生ついてまわるのでしょう。

〝何言ってるの〟と、口をとがらせる母の顔が目に浮かびます。

＊　　　＊　　　＊

母もここまではもつだろうと、私が勝手に決めていた、我が長男・祐介の入園式も終わりました。シナリオの通り、親から離れられなかった初孫を、あの世から、どんな顔でながめていたのでしょう。

その祐介とのおしゃべりを、おばあちゃまに贈ります。

（母が亡くなってから半年後の三月、祐介四歳）

由　おばあちゃまのこと、どんなこと覚えてる？

祐　ホネ。

由　……ホネ？

祐　ゆう君、気持ちをいれておいたの。

由　どうやって？

祐　まほうで……。

由　ゆう君の気持ちが一緒なら、おばあちゃま、さびしくないね。

祐　でも、ゆう君がさびしいよ。

由　おばあちゃまは、見えなくなっても、いつもそばにいてくださるのだから、いいじゃない。

祐　ゆう君、見えないおばあちゃまより、見えるおばあちゃまの方が好きなんだよ。

本当にそう。祐介は、やっとこのごろ、おばあちゃまを思い出すとき、泣かずにお話ができるようになりましたよ、おばあちゃま。

〈長男・幹生〉

「空地」

今は保育園で〝保父〟として毎日を忙しくすごしています。

先日、子どもたちと土手をのぼったりした帰り、四歳のしょうごが、他の子におどかされて、「死にたくないよ」と泣きじゃくりながらやってきて、保育園に着くまで、ずっと、僕の手を握りしめていました。

お昼の、納豆ごはんのあと、しょうごに、僕の小さい頃を思い出して、「しょうご、伊澤もな、しょうごくらいのとき、死ぬのが怖くて、泣いたことあるんだぞ」と話しました。

しょうごはじーっと聴いていましたが、「ねぇ、じゃあ、今は?」とたずねてきました。

＊　＊　＊

子どもたちには、僕の母が亡くなったことを話してあります。そして、空にいったと説明しています。

四歳のななは、父ちゃんをバイク事故で赤ちゃんのときに亡くしました。個人的にも、酒をのんだりしていたので、大工仕事の好きだった父ちゃんのことなどを、ことあるごとにななに話しています。

ななのお父ちゃんも空から、ななを見ています。

＊　＊　＊

『じごくのそうべえ』『そうべぇごくらくへゆく』(田島征彦作・童心社)という絵本がありま

す。かるわざしのそうべえ、いんちきやまぶしのふっかい、やぶいしゃのちくあんが、じごくやごくらくで、はちゃめちゃをやって、針の山も釜ゆでも遊んでしまうという愉快なお話です。

＊　＊　＊

しょうごにたずねられ、昼の片付けの手を休め、「やっぱり、今も怖いよ」と僕は答えました。

＊　＊　＊

まあ、いずれ、僕も死にます。そして、今でもそれは怖いことです。でも、案外、地獄も極楽も愉快なところかもしれません。そして、おふくろなり、ななの父ちゃんなりが笑顔で待っていてくれるような気がしてなりません。それまで、僕なりに生きていこうと思いますので、おふくろさん、やのかの言わないで見ていてください。

あるがままに

2001年12月15日　初版第1刷発行

著　者　伊澤 節子
発行者　瓜谷 綱延
発行所　株式会社文芸社
〒112-0004　東京都文京区後楽2－23－12
電話03-3814-1177（代表）
03-3814-2455（営業）
振替00190-8-728265

印刷所　株式会社フクイン

ISBN4-8355-2824-7 C0095